MW00582835

OÙ COURS-TU ?
NE SAIS-TU PAS QUE LE CIEL EST EN TOI ?

Romancière et essayiste, Christiane Singer est née à Marseille en 1943, de parents originaires d'Europe centrale. Lectrice à l'Université de Bâle et chargée de cours à celle de Fribourg, elle suivra également l'enseignement de Dürckheim, un des disciples de Jung. Son premier livre, *Les Cahiers d'une hypocrite*, paraît en 1965. Auteur d'une vingtaine d'ouvrages, elle reçoit le Prix des libraires en 1979 pour *La Mort viennoise*. Le prix Albert-Camus récompense *Histoire d'âme* en 1989. Christiane Singer est morte à Vienne le 4 avril 2007.

CHRISTIANE SINGER

Où cours-tu ?

Ne sais-tu pas
que le ciel est en toi ?

ALBIN MICHEL

ISBN : 978-2-253-15595-9 – 1ʳᵉ publication LGF

Préface

Dans les hauts plateaux du désert, des abeilles sauvages peuplent failles et fissures des falaises et « le miel coule du rocher ». Dieu le fait goûter à Jacob[1].

Nombreux sont ceux parmi nous qui cherchent un sens à la vie.

De toute vie, aussi escarpée et abrupte soit-elle, suinte et coule le sens.

Qui irait chercher le miel sur la falaise ? Folie bien sûr. Toute folie finit par s'avérer raisonnable quand on la cultive assez longtemps.

Au gré des rencontres, des voyages, des retraites et des errances qui me tissent une vie, le même constat toujours m'assaille : rares sont ceux qui s'en aperçoivent mais tout sur terre suinte de sens.

Dans ces pages je n'ai fait que tenter de le recueillir dans des réceptacles de fortune : conférences, propos échangés.

Une mémoire me revient d'il y a plus de trente ans ; je suis assise face à un vieil historien italien, disert, au charme malicieux et qui

---

1. Deutéronome, 32-13.

parle un français que je crains disparu : celui des grands Européens d'autrefois. Rieur sous quelques cheveux soigneusement peignés qui laissent transparaître le globe rose du crâne, il suspend soudain le récit des rencontres mémorables de sa vie : « Voilà longtemps que j'étudie avec la plus grande application les allées et venues de mes congénères et je vais vous livrer la loi fondamentale qui s'en est dégagée pour moi : *à la longue* il ne vaut pas la peine d'avoir été un filou. Mais vous m'entendez bien : *à la longue*. Car il peut se faire qu'à mi-chemin on soit tenté de présumer le contraire. »

Cette phrase et le sourire délicat qui l'accompagnait se laissent moduler à l'infini.

A la longue, il ne vaut jamais la peine d'avoir été cynique, revanchard, gagnant, compétitif, « the best » ! La seule chose à la longue qui vaille le jeu et la chandelle est d'avoir aimé. Dans l'ordre de l'invisible, le fruit en est inéluctable.

Aucune force ne retiendrait de rougir une feuille d'érable. Inéluctablement la feuille se colore, le fruit mûrit. Commence alors, à l'insu de tous, de battre dans la poitrine de celui qui célèbre la vie – sans se laisser troubler par la trahison, la déception, la rage destructrice – un cœur pacifié, un cœur humain.

Où cours-tu ?
Ne sais-tu pas que le ciel est en toi ?

Il est difficile au milieu du brouhaha de notre « civilisation » qui a le vide et le silence en horreur d'entendre la petite phrase qui, à elle seule, peut faire basculer une vie : « Où cours-tu ? »

De mode en mode, de nouveauté en nouveauté, d'innovation en innovation, de catastrophe du jour en catastrophe du jour – « Rien n'est plus vieux que le journal d'hier [1]. » – nous voilà fouettés en avant comme des cerceaux ! Slogans, rythmes, musiques de fond, logorrhée sournoise d'une radio toujours branchée, cris, appels nous incitant à courir plus vite, à laisser derrière nous les tombereaux de déchets, d'immondices que nous produisons sans répit. Sans projet de civilisation, sans vision, nous ne faisons qu'amplifier la *sono* et foncer.

En fait, ce mode de comportement est le plus ancien dont l'homme moderne ait la ressource lorsqu'il y a danger : Fuis ! Sauve-toi ! Cours pour ta vie ! En courant, l'homme moderne tente d'esquiver la légion de fantômes à ses

---

1. Paul Valéry.

9

trousses, de succubes et de zombies qu'il s'est créés lui-même.

Il y a des fuites qui sauvent la vie : devant un serpent, un tigre, un meurtrier.

Il en est qui la coûtent : la fuite devant soi-même. Et la fuite de ce siècle devant lui-même est celle de chacun de nous.

Comment suspendre cette cavalcade forcée, sinon en commençant par nous, en considérant l'enclave de notre existence comme le microcosme du destin collectif ? Mieux encore : comme un point d'acupuncture qui, activé, contribuerait à guérir le corps entier ?

Je serais encore en cavale si, au milieu d'une crise profonde, la petite question n'avait pas atteint mon oreille : « Où cours-tu ? »

C'était la voix d'une femme[1] et si je la nomme chaque fois que j'évoque cette période, c'est par devoir d'honneur. Il est essentiel de prendre soin de ce ciel en nous, invisible aux autres, de ce sanctuaire que la vie nous a édifié et que peuplent tous les intercesseurs, les messagers, ceux qui, de façon multiple, nous ont inspirés, conduits vers le meilleur de nous-mêmes. Honorer notre dette envers eux est la première, peut-être aussi l'ultime obligation. L'esprit ne nous rencontre jamais sous cellophane. Il a toujours un visage, un son de voix, un nom, une odeur. Il passe de regard en regard, de sourire en sourire.

---

1. Hildegund Graubner, proche collaboratrice de Karfrield Graf Dürckheim.

« Où cours-tu ? » La suite de la phrase d'Angelus Silesius : « Ne sais-tu pas que le ciel est en toi ? » n'était pas encore de saison. « Ne sais-tu pas que l'enfer est en toi ? » est hélas la première version du message. Il me fallait d'abord entendre qu'il était tout à fait inutile de courir si vite puisque ce que je fuyais était déjà soigneusement cousu dans ma peau.

Que la première étape fût d'*arriver* d'abord au cœur de mon désastre, de m'y installer pour le contempler, me scandalisa autant que mon ami Job. Je l'ai toujours beaucoup aimé, ce Job, aimé et admiré, n'ose-t-il pas dans son désespoir virulent retourner la question et interpeller Dieu : « Où cours-tu ? Pourquoi te dérobes-tu à moi et à mes supplications ? » Sublime renversement – mais sans fruit aucun. Ce que Job doit aussi entendre, c'est que Dieu ne dresse pas ses tentes au pays de la lamentation. Partout où résonnent et grincent suppliques, jérémiades et revendications, Il ne comparaît pas. Son absence hante depuis toujours ces régions. Il nous veut sortis des marécages de la lamentation et des désespérances – en dépit de tout. Il nous veut *ailleurs*.

« Où cours-tu ? »

Le lieu où nous atteint cette flèche n'est pas indifférent. Il se situe à la bifurcation de nos destinées et ne doit pas être compris comme un reproche. Comment une course pourrait-elle être suspendue s'il n'y avait eu auparavant qu'immobilité ?

Il existe certes une frénésie contemporaine,

une agitation aiguë dont la contrepartie est l'effondrement, le collapsus, le passage redouté du désordre furieux à l'entropie.

Mais le mouvement que suspend la question : « Où cours-tu » est inscrit, lui, dans une autre dynamique de vie. Il contient la formule secrète du retournement, de la conversion et suppose que la course sauvage a aussi qualité de quête sauvage.

Tout se passe comme si cette fuite avait cumulé l'énergie nécessaire pour une transmutation.

De même qu'il ne peut être question de « rester semblable à un enfant » mais bien de le redevenir comme nous y invite le Christ, rester assis devant la porte du paradis, après l'exclusion, serait notre perte.

Ne faut-il pas à tout prix se mettre en route, tourner le dos au grand portail et assumer l'exil amer ?

L'éloignement même, l'errance font partie du chemin. Je ne renie pas la fascination qu'exerçait sur moi en 68 un graffiti des murs de la Sorbonne : « Cours camarade, le vieux monde est derrière toi ! » Cette phrase m'enivrait. Je l'avais inscrite sur l'abat-jour de la lampe de mon bureau. Elle étincelait quand j'éclairais. Ce qui me harponnait, je le retrouve aussitôt : vomir toute cette poussière avalée, ces clichés glaireux, échapper à tout prix à une vie sordide !

Ce vent de liberté qui soufflait alors n'a souvent fait changer que de berge ou de débarcadère les péniches amarrées de nos existences. Peu parmi nous ont quitté les quais marchands pour le large. Mais certaines phrases, semblables à des phares au large des côtes, continuent de clignoter dans nos brouillards. Cours camarade... J'ai été néanmoins bien inspirée d'écrire cette phrase sur mon abat-jour et de ne pas l'encrer sur ma peau comme le général Bernadotte. Devenu plus tard roi de Suède, il portait sur son lit de mort, à la surprise de son médecin, le cri du cœur de sa jeunesse tatoué sur sa poitrine : « A mort les rois, à mort les tyrans ! »

Le paysage est si vaste à l'intérieur d'un seul homme que toutes les contradictions y veulent vivre et y ont place. Pour ma part je ne trouve rien à renier. L'appel salin et âcre du cri me reste au cœur. Cours aussi vite que tu le peux, camarade, hors des miasmes morbides du marécage contemporain. Il est à tes trousses, ce *vieux monde moderne* qui transforme tout ce qu'il touche en chiffres, en bilan, en plastique, en béton, en spots publicitaires ! Il transforme des êtres de chair et de sang en signes abstraits, les voue corps et âme aux mythes dérisoires du succès, du record, de la compétition ! Cours plus vite encore pour n'être pas dépouillé de l'élan sacré qui t'habite, pour échapper à la démonie de l'insignifiance, à la déchéance de la prise en charge des hommes libres !

« J'ai été un être humain, madame, avant de devenir le lit 287 », me criait au passage un vieil homme dans un hôpital où je rendais une visite.

Pourtant ce lieu d'indignation aussi puissant soit-il lorsqu'on le traverse devient aussitôt qu'on s'y installe, qu'on en fait son domicile fixe et légal, un lieu destructif. Il accrédite le mythe d'un observateur extérieur à ce qu'il observe, d'un juge au-dessus de tout soupçon face à la mafia internationale. Ce que toutes les cosmogonies des grandes religions illustrent et que la physique quantique a mis en évidence, c'est qu'une partie de l'univers est (dans) celui qui l'observe.

Si nous éludons la prochaine étape, nous refusons de faire œuvre d'humanité – c'est-à-dire de transformation. Pour le prochain pas qui nous attend il faut avaler sa salive : « A quoi bon courir, camarade ? Ne sais-tu pas que le vieux monde *c'est* toi ? »

Le travail de l'enfantement est dès lors engagé ! Une légende d'abord pour donner le ton : Le chevalier à l'araignée. Un chevalier a vu de ses yeux la terrible araignée dont le venin détruit les lieux qu'elle traverse. Il part à fond de train sur son cheval prévenir à la ronde tous les habitants, mais tous ceux qu'il rencontre se détournent avec effroi et s'enfuient. Désemparé, il fait halte près d'une source pour donner à boire à sa monture... et voilà que dans le reflet de l'eau, il peut voir enfin que l'énorme araignée est accrochée au cimier de son heaume.

Ainsi celui qui vient annoncer la fin du monde en fait déjà partie intrinsèque. Le message est dur à entendre ! Le prochain pas demande plus de courage que tous ceux qui ont précédé. Tout ce qui m'indigne, me révolte, me désespère est inoculé dans mes veines. Que celui qui n'a jamais laissé médire d'un ami devant lui me jette la première pierre. Que celui qui n'a jamais laissé macérer sa vie dans le mépris, l'indifférence, la grisaille me juge. Que celui qui n'est pas descendu dans l'enfer de l'insignifiance (c'est comme ça... on n'y peut rien... d'ailleurs ils l'ont dit à la télé...) me condamne. Que celui qui n'a pas cru – pas souhaité pour être enfin laissé en paix – que la mort et le non-sens aient le dernier mot me montre du doigt.

C'est notre participation muette à tout ce qui a lieu sur terre, notre coresponsabilité qu'il s'agit de reconnaître. Seul celui qui a osé voir que l'enfer est en lui y découvrira le ciel enfoui. C'est le travail sur l'ombre, la traversée de la nuit qui permettent la montée de l'aube.

Où cours-tu ? Ne sais-tu pas que le ciel est en toi ?

Désormais les mots vont se dérober.

Car le ciel est comme la traîne de la mariée que les enfants viennent toucher pour y croire.

Le ciel c'est de pressentir que tout ce que je ne mettrai pas au monde de gratitude et de célébration n'y sera pas.

Le ciel c'est la reddition, la fin de la croisade, les armes baissées.

C'est la goutte de miel de l'instant sur la langue.

J'ai beaucoup fait pour ce monde quand je suspends ma course pour dire merci.

Les sens nous livrent le sens

Je me suis souvent demandé ce qui, à notre époque, provoquait cette perte de sang, cette perte de sens. C'est comme une hémorragie qu'il est impossible d'arrêter. Par quelle plaie s'écoule le sens ? Plus je m'interroge et plus je vois qu'il y a dans notre modernité quelque chose comme un découragement immense. Le monde est devenu trop grand. Tant que je suis dans une enclave – dans un espace délimité – je peux en porter la responsabilité. Une famille. Un lieu de travail. Un groupe. Dans cet espace, je peux me mettre au service, m'engager tout naturellement. Mais lorsque cet espace se dilate et recouvre le monde entier, lorsque chaque jour se déversent dans mes yeux des tombereaux de désespoir, tous les désastres du monde entier, toutes les guerres et toute la violence de l'entière planète... alors quelque chose en moi se bloque. Devant le harcèlement ininterrompu d'une négativité tragique, une anesthésie me saisit.

Je ne puis plus affronter cette immensité de la souffrance, mon engagement se décourage. Il se passe quelque chose à notre époque qui n'a pas d'antécédent en un demi-million (?) d'années d'évolution. Des réflexes aussi anciens que l'humanité et qui sont de deux ordres devant le danger : la fuite ou la solidarité, ne jouent plus. Devant une personne tombée, blessée, criant de souffrance, je me précipite pour l'aider. Il y a dans mes gènes, dans la longue lignée d'hommes et de femmes qui m'ont précédée, cette réponse inscrite, ce geste qui porte secours. Et depuis une génération – mais qu'est-ce que quelques années dans la coulée des millénaires ? – voilà que notre élan naturel est arrêté par un écran de verre ! Et je suis là, devant cette détresse, et chaque fois que je veux avancer la main... l'écran de verre ! Et ce qui se passe en nous est alors une sorte de drame morbide. Quand aucune réponse n'est possible à une incitation inlassablement répétée, on devient fou. La détresse concentrée est trop grande. Mon découragement immense va peu à peu me mettre en catalepsie. La compassion naturelle est ligotée, bâillonnée. On se dit : de toute façon c'est joué ! Et il y a du diabolisme dans ce découragement, du diabolisme qui fonctionne comme dans les systèmes totalitaires. On voit, mais il ne faut pas montrer qu'on a vu. On est témoin d'horreurs mais il faut passer sans avoir l'air de voir parce que si on intervenait, on serait soi-même broyé par la violence.

J'ai été invitée par l'université de Linz à l'occasion de l'anniversaire de ce qu'on nomme la « nuit de cristal » et que je préfère appeler

18

le « Pogrome de 1938 ». Un haut dignitaire de l'Église en Autriche raconta la scène suivante qui illustre le parallélisme entre l'écran de verre et le totalitarisme. Il est enfant. Sa mère vient le chercher à l'école, et dans la rue il est témoin d'une scène inoubliable – des jeunes nazis s'acharnent à coups de poing et de pied sur un vieillard au sol, un vieux juif orthodoxe avec ses cheveux blancs ruisselant sur son visage, un de ces beaux visages du judaïsme d'antan. Cet homme frappé gît au sol et regarde avec effroi autour de lui. « Ma mère m'entraîna, raconte le narrateur, sans répondre à mes questions. Qui était-ce ? Et pourquoi ? Elle répétait : "Tais-toi, tu n'as rien vu." »

Pendant que ce haut dignitaire de l'Église racontait cette histoire, je la voyais se dérouler sous mes paupières et, dans le ton de ses paroles, j'entendais une deuxième trahison plus policée, plus amène – plus inconsciente de sa portée. « Il fallait comprendre, disait-il, cette mère avait charge d'enfants. Vous vous rendez compte du danger encouru ! Il fallait passer au plus vite pour n'être pas pris à partie par ces jeunes casseurs ! »

Quand vint mon tour – je fus contrainte de dire que cette histoire prolongeait la vieille histoire grinçante et n'apportait pas de délivrance. Il n'était pas question de condamner la femme qui avait été sa mère ! Sa loyauté envers elle honorait le narrateur. Il lui fallait seulement à lui, homme adulte, homme d'Église, franchir un autre pas, et retourner sur ce lieu de son enfance, y retrouver le vieil homme gisant au sol, lui tendre la main, l'aider à se relever et s'incliner devant lui du plus profond de sa compassion et de sa vénération. Et tant que cette scène n'aurait pas lieu, les plaies de la mémoire continueraient de puruler. Je ne sais pas si j'ai atteint celui auquel je m'adressais ; peu importe, car le message, même s'il n'atteint pas celui auquel on l'adresse, parvient toujours à quelque destination. Dans les affaires du cœur et de l'esprit, on s'adresse à la personne qu'on a devant soi et, par ricochet, c'est un autre qui reçoit le message en plein cœur ; c'est ce qui importe. Il ne s'agit pas de tenter de persuader qui que ce soit de quoi que ce soit mais de cultiver ardemment cette espérance que même le passé reçoit encore aujourd'hui de nous, les vivants, consolation et réparation.

A la fin de cette soirée à Linz, un vieil homme enrôlé autrefois à seize ans dans les armées du Führer est venu pleurer dans mes bras sans un mot. Je ne sais ni ce qu'il avait commis, ni ce qu'il avait subi, mais je sais que nous pleurions avec et pour beaucoup d'autres ! Le verre sécurit de l'opprobre avait craqué.

Ces divers écrans (réels ou symboliques !) devant lesquels tant d'heures de vie s'étiolent ont encore un autre effet ravageur : ils atrophient les sens : rien à embrasser, à saisir, à palper, à sentir, à goûter sur la langue, à humer, dans tout ce qui se déroule là de réalité factice. Pendant que la vie passe derrière notre dos,

foisonnante, imprévue, intense, vibrante, multiple, nous restons les yeux rivés sur la vitrine !

En visite dans mon vieux lycée Montgrand
à Marseille, j'ai été surprise de constater que
les jeunes gens ne vont plus se promener en
rêvant le long de la mer ! « De quelle couleur
sont les pattes des mouettes à Marseille ? » Personne n'avait admiré leur orange radieux !
Pourtant plutôt que de me lamenter, je tente de
souffler sur la braise. J'ai une passion pour les
jeunes. J'aime voir leurs yeux souvent lassés se
remettre à briller au bout de quelques moments
de passion partagée. J'aime quand en eux la
mémoire se réveille ! J'admirais leurs visages
– une centaine d'enfants étaient réunis –, cette
diversité, cette richesse en chacun, tout ce qu'il
y avait d'immensité et de mémoire derrière chacun. Il y avait des enfants arabes, africains,
eurasiens. « Le monde entier s'est donné rendez-vous dans votre école ! »

Et je commençais par leur demander : « Qui
êtes-vous ? Que savez-vous de votre passé, de
votre famille, de vos ancêtres, de vos pays, de
vos cultures ? Vous me demandez ce qu'est la
littérature et je vais vous le dire : la littérature,
c'est prendre sa vie au sérieux – passionnément
au sérieux –, s'interroger sur ce mystère que je
suis, sur ces deux courants de la lignée de mon
père et de ma mère qui se rencontrent comme
deux rivières en moi ! » Nous nous sommes
aperçus que l'ignorance était générale, mais la
curiosité s'est mise à brûler dans les cœurs !

Et la fierté ! Au bout de quelques heures, les visages et les regards étaient changés.

J'avais éprouvé une grande émotion à le retrouver ce lycée ! Je me souvenais de la cour de récréation comme d'un temple porté par quatre platanes. Existaient-ils encore, ces arbres ? Quel soulagement, ils étaient là ! Moins grandioses que dans ma mémoire, mais là ! Je les avais fréquentés avec tant d'assiduité et si souvent, j'avais suivi du doigt les cartographies secrètes des écorces. A l'automne, pendant la longue récréation de midi, nous « cousions » des traînes de mariées avec les feuilles tombées. C'était un grand travail qui demandait beaucoup de précision. Il fallait entrelacer la tige entre les nervures sans déchirer les feuilles. Puis l'élue du jour se mettait debout au milieu de la cour. Avec des épingles à cheveux crochues et des barrettes, le bout de la traîne était fixé à ses cheveux. Parfois, quand les cousettes avaient été nombreuses et affairées, la traîne traversait la cour jusqu'à l'entrée de la salle italienne ! Et puis la mariée du jour se mettait en marche prudemment. Lentement. Cérémonieusement. C'était grandiose. Le temps s'arrêtait.

Raconter des histoires de mariées et de feuilles mortes à des jeunes, habitués à des overdoses d'images dures et violentes, n'est pas sans risques. Et pourtant, pendant que je parlais, je voyais la mariée avancer doucement dans leurs yeux écarquillés. Ils m'entendaient bien !

A la fin de notre rencontre peut-être certains avaient-ils compris ce qu'était la littérature (le prétexte à mon invitation ici...), cette impatience piaffante à courir à la rencontre du monde ? La vie ne se révèle qu'à ceux dont les sens sont vigilants et qui s'avancent, félins tendus, vers le moindre signal.

Tout sur terre nous interpelle, nous hèle, mais si finement que nous passons mille fois sans rien voir. Nous marchons sur des joyaux sans les remarquer. Les sens nous restituent le sens. Quand l'instant lâche sa sève, la vie est toujours au rendez-vous.

Je voudrais pour finir égrener ces sens à la mode de l'enfance. Histoire de réveiller notre mémoire ! Là où pour la première fois le monde nous a frôlés, les marques en restent indélébiles. Aussi dans ces quelques évocations, je ne parle pas d'une enfance qui ne serait que la mienne. Toutes les enfances habitent le même pays. En écho, mon enfance réveille la vôtre, les réveille toutes.

Une scène.

On m'a opérée de l'appendicite. La porte s'ouvre et mon père entre. Ce qu'il tient à la main n'est ni un jouet ni une gâterie. Ce qu'il va me tendre pourrait même décevoir la petite enfant que je suis. Jusqu'à aujourd'hui, je n'ai plus rien vu d'aussi beau : c'est une branche d'amandier en fleur. Un vert tendre et un blanc diaphane que n'a plus revêtus depuis aucun amandier de cette terre.

Mémoire de fragrance. Un autre univers.

La petite échoppe de monsieur Michel, cordonnier à quelques pas de Saint-Victor. Je m'assois dans son échoppe en rentrant du jardin d'enfants. Je ne bouge plus – l'odeur du cuir et les effluves de la mer proche... Les heures passent. Quand maman me découvre là, elle est ravagée d'angoisse et gronde monsieur Michel de ne m'avoir pas renvoyée chez moi. Dans mon souvenir, il reste placide comme s'il avait su que cinquante ans plus tard, je le ressusciterais en parlant de l'odeur de son échoppe. Il y a eu plus tard aussi, rue de la République, la poissonnerie dont je parle dans *Les Ages de la vie*, tenue par deux femmes, mère et fille. Cette électricité crissante des écailles grattées au couteau – inoubliable. *L'odor di femina !* L'odeur qui attirait les navigateurs celtes jusqu'aux grottes d'Armorique. Ah, les maraîchères marseillaises d'autrefois, ces reines assises sur leurs séants comme sur des trônes !

Après la vue, l'odeur, une mémoire du toucher !

Mon père tendrement aimé est mort à quatre-vingt-treize ans. Peu de temps avant sa mort, il m'a relaté cette histoire. Son oncle Samy était un homme très élégant, dandy dans la Vienne du début du vingtième siècle. Lorsqu'il venait en visite, il frappait l'imagination de mon père qui avait alors quatre ans. Ses guêtres de ville soigneusement boutonnées de nacre, la canne guillochée d'argent et, ô merveille, le huit-reflets de velours bleu nuit. Posé sur un banc du vestibule, ce haut-de-forme était tout bonnement irrésistible. En se penchant vers l'enfant, l'oncle engageait avec lui un pacte : « Si tu ne le touches pas, Franz, tu auras un ducat. » Un ducat ! Une fortune ! « Si tu ne le touches pas, Franz ! » L'ineffable douceur du huit-reflets ! Impossible d'y résister. Et mon père, ce vieil homme à l'approche de la mort, devant cette remontée de mémoire, leva la main, une main décharnée où les veines saillaient, et, avec une délicatesse qui suspendait le temps et l'espace, se mit à caresser l'espace vide, et comme hanté de velours. « Tu comprends, je n'ai pas pu résister, bien sûr, je l'ai caressé ! Et un ducat perdu ! Tu imagines ! Et un instant, la folle, la déloyale espérance : peut-être n'y verra-t-il que du feu... » Mais le moment du départ arrive. Oncle Samy soulève le huit-reflets à hauteur des yeux, y décèle la trace des doigts : « Ah, tu l'as touché ! Tant pis ! Ce sera pour la prochaine fois ! » Dans le geste de ce vieil homme, dans cette caresse du vide, a resurgi la merveille de l'être, la quintessence du vivant conservée par les sens.

Ce que je tente de faire percevoir dans ces frôlements de mémoire, c'est à quel point ces instants de présence aiguë livrent leur sens, et le détiennent. Dans tous ces instants où je suis « touchée », Dieu est au rendez-vous. Dieu ou comme vous préférez : cette mémoire haute qui m'habite ! L'écho du logion 77 de saint Thomas : « Je suis partout. Quand tu vas pour couper du bois, je suis dans le bois. Quand tu soulèves la pierre, je suis sous la pierre... » Non pas : je suis le bois, je suis la pierre, mais chaque fois que tu es là, vraiment là, absorbé dans la rencontre du monde créé, alors je suis là ! Là où tu es, dans la présence aiguë, je suis aussi. Être là ! Le secret. Il n'y a rien d'autre. Il n'est pas d'autre chemin pour sortir des léthargies nauséabondes, des demi-sommeils, des commentaires sans fin, que de *naître enfin à ce qui est*.

La traversée de la nuit

Tous ces témoignages poignants que je viens d'écouter avec vous continuent de vibrer en moi[1]. Je ne peux commencer, pour laisser à ma parole le temps de se réorganiser, que par un hommage à ceux d'abord qui vivent le plus difficile, nos frères schizophrènes, ceux qui accompagnent le plus difficile, leur famille et leurs alliés, et ceux qui au sein du plus difficile ont choisi d'installer leur profession, leur vocation : les soignants, les médecins, les psychologues et les psychiatres.

Je voudrais vous inviter à recevoir mes paroles comme le tâtonnement d'une femme qui s'est engagée à ne perdre des yeux sur cette terre ni le rivage de la détresse ni celui de la délivrance, d'honorer de la même attention l'innommable souffrance des hommes et la rutilante merveille de la vie. Persuadée que si un de ces rivages se perdait dans la brume j'entrerais aussitôt dans l'illusion et la fiction.

---

1. Ce texte a pour origine une conférence intitulée « Schizophrénie = Folie ? » tenue au congrès du GRAAP (Groupe romand d'accueil et d'action psychiatrique) à Lausanne en mai 2000.

Cet écartèlement, pour inconfortable qu'il soit, préserve néanmoins des naïvetés d'un espoir aveugle et des complaisances paralysantes du désespoir.

Dans tous les lieux habités par la souffrance se trouvent aussi les gués, les seuils de passage, les intenses nœuds de mystère. Ces zones tant redoutées recèlent pourtant le secret de notre être au monde, ou comme l'exprime la pensée mythologique : là où se tiennent tapis les dragons sont dissimulés les trésors.

Or notre société contemporaine n'a qu'un but : éradiquer à tout prix de nos existences ces zones incontrôlables – zones de brouillard, de gestation, zones d'ombre – et d'instaurer partout où elle le peut le contrôle et la surveillance.

En refusant la nuit, comme le déplorait le poète Novalis, notre imaginaire collectif livre une guerre à mort contre le réel et provoque la montée de tout ce qu'il voulait éviter : la peur, le désespoir, la violence déchaînée, la recrudescence de l'irrationnel.

Dans une description du monde où seule la réalité objectivable, mesurable, chiffrable, analysable est prise en considération, le Réel – c'est-à-dire l'espace entre les choses et les êtres, la relation, le tissu de corrélations, l'insaisissable, le mouvant, le vide, l'obscur, l'invisible respiration qui tient ensemble l'univers – n'a pas sa chance. Décrété insignifiant et « subjectif », il est tout simplement radié. La face cachée du monde, celle même qui donne un support à la face visible, cessant d'être porteuse et inspirante, se peuple de démons.

La rage de manipuler la vie, d'en extorquer le sacré, est celle de toutes les dictatures politiques ou scientifiques, et manifeste le dépit, l'arrogance des petits maîtres devant la folle, la généreuse, la sublime, l'inextricable complexité du Réel. Cette obsession impose au monde où nous vivons un ordre réductif et mortifère.

Si nous abdiquons nos intuitions profondes qui lient notre existence à l'entière création – au Tout – nous aggravons le fondamentalisme régnant : le principe de la Raison est loin d'être un principe universel pour explorer le monde. Pour de multiples cultures, c'est la communion qui fait appréhender la création, et de l'intérieur cette fois, non de l'extérieur. Si le *principium rationis* ne tient pas dans nos vies la balance à la *communio*, l'homme finit par se trouver réduit à ses glandes et aux cours de la Bourse. Le désespoir et sa sœur la maladie ne sont pas loin !

L'impression que j'ai gagnée à écouter les divers témoignages, est que nos frères et nos sœurs schizophrènes se trouvent aspirés et précipités dans les zones de conscience niées et profanées par notre imaginaire collectif. Je n'irai pas jusqu'à dire qu'eux seuls habitent le Réel mais je soupçonne qu'ils se sont faits les gardiens désespérés d'un patrimoine collectif déserté et réduit en cendres.

Je voudrais tenter d'esquisser une sorte de cartographie de ces continents que nos habitu-

des mentales en Occident ont délaissés et déser-
tifiés.

En optant voilà deux mille cinq cents ans
pour la description de la réalité telle que nous
la livra Parménide, nous avons appris à voir un
monde cloué, vissé, fixe, apparemment invaria-
ble, docile à nos concepts, nos classifications,
nos distinctions, nos divisions, comme en état
d'arrestation. « Tout a conspiré à nous mettre
en présence d'objets que nous pouvons tenir
comme invariables » (Bergson, *La Pensée et le
Mouvement*). Héraclite, lui, dans sa vision de
la fluence, du devenir incessant et toujours
renouvelé du Réel, n'a trouvé ses héritiers que
bien plus tard dans la physique quantique. Héritiers malheureux puisqu'au lieu de révolution-
ner notre vision du monde comme l'avait été
la leur par la bouleversante confirmation d'une
réalité en permanent devenir se créant et
s'inventant à chaque instant, ils n'ont pas pu
parvenir à changer d'un iota nos habitudes
mentales fossilisées. « Il n'y a pas de matière,
il n'y a qu'un tissu de relations » (Niels Bohr).
Les seuls fruits qu'ait portés leur branche ont
été l'électronique et... l'énergie atomique. Mais
l'illuminante révélation que tout n'est que
reliance et corrélation n'a pas traversé le rideau
de fer de nos consciences. Nous n'avons adopté
que les machines et détourné les yeux de la
formidable vision d'un monde où l'esprit pré-
existe au phénomène et le crée à tout instant.
L'Occident une fois encore n'a pas supporté le
vertige, le vent du large de ce Réel en fusion,

du flux jubilatoire de l'élan qui génère l'élan qui génère l'élan à tout instant. Il n'est que de voir le sort que réserve notre « culture » à ceux qui bougent et transhument sur cette terre : les jeunes, les nomades, les rebelles et les gitans !

Une autre donnée irréductible de la vie et tout aussi insupportable à la conscience contemporaine est l'intuition métaphysique du paradoxe inhérent à toute manifestation de la vie.

La double face est toujours là : l'aspect caché/l'aspect visible, le clair/l'obscur, le dedans/le dehors, la naissance et la mort.

« Il y a toujours un moment », me disait un jour Frédéric Leboyer, « où sur le visage de la femme en gésine transparaît le visage de sa mort. C'est pourquoi je n'ai jamais voulu la présence des hommes aux côtés de leur femme car ils ne le supportent pas, ils ne sont pas préparés, ils s'effraient, ils supplient : faites donc quelque chose ! Or il n'y a rien à faire car mettre au monde et mourir, c'est la même chose ! Comment comprendre ? Moi qui ai vu mille fois ce visage de mort apparaître, je sais que naissance et mort ne sont qu'un. Et allez donc expliquer ça ! »

Les antonymes vont ensemble, inséparables. L'un se montre, l'autre se cache. Un ballet sublime et terrifiant. On ne peut pas faire l'économie du *tremendum*, de l'effroi sacré devant le monde créé. Nos ancêtres le connaissaient. Nous n'en voulons plus. Aussi le mystère de la vie nous reste étranger, hostile. Il n'y a pas de choix possible. A choisir, à étrangler un aspect on étrangle l'autre avec. En ne voulant que la vie et pas la mort, nous n'avons plus ni l'une ni l'autre. Seul un entre-deux lyophilisé et sous préservatif. La révélation qui attend le sage à la fin de sa route est toujours semblable dans toutes les traditions : le deux est Un. Où que se portent nos regards. Prenez les deux généalogies de Jésus – fils de Joseph et fils de David – l'un périt, l'autre triomphe et c'est le même. Dès l'origine, les deux sont là, pas l'un ou l'autre, mais l'un et l'autre. Toujours.

Pour faire surgir l'étoffe sous les allées et venues de la navette, il faut les fils de la trame et les fils de la chaîne.

Une autre donnée irréductible de la vie, tout aussi insupportable à nos contemporains logiques jusqu'à l'idolâtrie, c'est que le monde invisible est lié au monde visible de manière mystérieuse et a-causale. Tu ne sais jamais lorsque tu tiens un fil, à quoi il se trouve relié sur l'autre versant. Un succès considérable peut n'être qu'une coquille vide et une cheville tordue te faire retrouver le chemin perdu.

Tu ne sais jamais ce qui relie les choses entre elles. Jamais par la seule volonté, tu ne peux avoir accès au sens ou à l'essentiel. Tout le monde feint de croire que ce monde est stable et solide mais toi qui as été un enfant, tu sais bien qu'il n'en est rien. Tu peux préméditer, prévoir tout ce que tu veux, le fruit attendu ne vient pas. Agis sans intention ni esprit de profit et le fruit tombe (ou non) à tes pieds ! Bien que la causalité tant prisée soit sans cesse déjouée, nous continuons de nous y cramponner. La surgie du fruit n'a lieu que lorsque la dimension horizontale de l'effort, de la persévérance, rejoint brusquement la dimension verticale : celle du secret. Mais qui voudrait encore savoir ces choses ? Qui accepterait d'en recevoir la vivifiante, la bousculante leçon, jour après jour ?

Toutes ces remarques apparemment sans lien esquissent pourtant le contour des symptômes que j'ai glanés dans les témoignages de ceux qu'on nomme « malades mentaux ». N'est-ce pas ces paradoxes, ces doubles visages du réel évincés par notre idéologie, qui assaillent les schizophrènes, les harcèlent, les hantent ? Je suis et je ne suis pas. Je me pétrifie ou me liquéfie. Je suis à la fois dans ce temps partagé avec vous et un autre espace (éternité ? néant ?). Je parle et ne suis pas entendu, j'entends vos voix et ne filtre plus le sens de vos paroles. Gouffre à l'intérieur de moi/gouffre à l'extérieur. Je suis à la fois ici et ailleurs, etc.

Autant d'expériences sauvages de ce qui est réellement en train d'avoir lieu. Autant d'expériences de ce qui *est*. Mais l'âme s'y trouve jetée sans guide, sans boussole, sans initiation et, croyant être seule à vivre tout cela, s'y noie.

L'habilité qu'ont tout naturellement les enfants, les mystiques et les poètes d'aller et de venir d'un versant du monde à l'autre, de se faire pèlerins des deux mondes, danseurs sur les crêtes, relieurs de berges, constructeurs de passerelles, « pontifiés », a été simplement perdue.

Il nous faut retrouver cette aisance, cette innocence à danser entre les mondes, si naturelle aux cultures enracinées dans le sacré. C'est seulement parce que les continents sont tragiquement séparés que bâille entre eux le gouffre de la folie.

Il est urgent de changer notre regard sur ceux que nous appelons malades, et urgent qu'eux aussi changent leur regard sur eux-mêmes. Il existe un niveau de l'être qui reste *intact*. Il existe un lieu en chacun où nous sommes non seulement guéris mais rendus déjà à nousmêmes. La maladie est un accident, un malheur, une épreuve qui n'atteint pas le noyau. C'est à ce noyau intact que je m'adresse en vous parlant non pas parce que vous serez un jour guéris, mais parce que dans mes yeux vous l'êtes déjà. Non pas parce que l'espoir me porte que vous serez un jour à nouveau entiers mais parce que la certitude est en moi que déjà vous l'êtes.

Je vous livre pour finir la leçon d'amour que m'a donnée récemment mon fils Raphaël, dix-neuf ans.

Le téléphone sonne à trois heures du matin. Angoisse, j'entends sa voix exténuée : « Je viens, me dit-il, de raccompagner Noël chez lui et de vivre la nuit la plus bouleversante de ma vie. » Je savais Noël en détresse. Issu d'une famille syrienne installée à Vienne, et pris entre deux cultures violemment antinomiques, il s'était trouvé, après une scolarité secouée mais

34

brillante, déséquilibré par six mois de service militaire. Raphaël m'apprend qu'il est depuis quelques semaines déjà à l'hôpital psychiatrique militaire. Ayant su, me dit-il, qu'il venait pour un week-end d'être ramené dans sa famille, il se rend aussitôt dans l'appartement des parents de son ami. Il est huit heures du soir. Sa mère le laisse entrer dans la chambre. Noël est recroquevillé dans son lit et hallucine. « A partir de ce moment, dit Raphaël, une force s'est emparée de moi et j'ai su ce que j'avais à faire. Je l'ai aidé à se lever, à s'habiller et lui ai dit : "Tu viens avec moi, nous allons marcher ensemble." Et nous voilà partis, arpentant les rues de la ville. A chaque parole de Noël, je réplique : "Tu es Noël et je suis Raphaël, ton ami." Une vieille femme promène son chien. "Voilà le lion de Syrie qui va nous dévorer." "Non, c'est un chien que promène une vieille !" "Je suis le lion de Syrie." "Non, tu es Noël et je suis Raphaël." Toute la nuit, sans relâche, je me suis mis entre ses visions et lui. Je lui prenais les mains et je le secouais, je ne l'ai plus lâché. J'ai tenu bon et à deux heures du matin, il m'a pris par les épaules et m'a dit : "Tu es Raphaël et je suis ton ami Noël." Alors nous nous sommes assis dans un café encore ouvert, et je lui ai parlé comme jamais de ma vie je n'ai parlé : "Noël, ta vie compte. Ici, avec nous, au milieu de nous. Nous avons besoin de toi. Nous t'attendons. Quoi qu'il advienne, tu nous trouveras à t'attendre, nous ne te laisserons pas aller seul. Ta vie nous est précieuse. Où que tu ailles, nous irons te chercher.

Ta place est parmi nous et pour toujours." Noël m'a entendu. Je te jure, il m'a entendu. Alors je l'ai ramené chez lui. Je l'ai remis dans son lit. Mais maintenant je grelotte, je ne tiens plus debout, la ville est déserte et j'avais besoin, maman, de tout te raconter. Maintenant je peux rentrer, la ville est déserte et je rentre... »

Je n'ai plus rien à ajouter sinon, amis, que comme Raphaël (« Dieu guérit », puisque c'est là son nom), nous vous attendons et que nous sommes là pour vous, quoi qu'il advienne.

Un mot encore : dans le taxi qui m'emmenait ici tout à l'heure, le portrait d'Arthur Honegger sur votre billet de vingt francs suisses m'a mis en mémoire son sublime oratorio, *Le Roi David*.

« Cette vie était si belle, je te remercie ô Toi qui me l'as donnée. »

Avec vous et semblable à vous, le cœur brûlant, je complète cette louange : « Cette vie était si belle et si terrible et comme elle est, je t'en remercie ô Toi qui me l'as donnée. »

Le sens de la vie

Je ne connais pas le sens de la vie.

Cette phrase de Doderer me plaît en ouverture : « Non seulement je suis sûr que ce que je vais dire est faux mais je suis sûr aussi que ce qu'on m'objectera sera faux et pourtant il n'y a pas d'autre choix que de se mettre à en parler... »

Est faux ce qui fleure la théorie.

Est juste – comme en musique – ce qui soudain résonne de l'un à l'autre, se propage comme une onde vibratoire.

Veillez donc à ne pas gaspiller d'énergie à tenter de me donner tort ou raison. Ce qui importe, c'est ce filet d'interrogations, d'hésitations, de conjectures que nous tissons ensemble, et où un son peut-être à un certain moment, ô le temps de prêter ensemble l'oreille ! apparaît juste.

Parler de sens pour dire qu'on l'a perdu est aussi bizarre que de prétendre n'avoir plus de temps. Le sens est comme le temps, il en vient à chaque instant du nouveau.

Il est là en abondance, il afflue.

Pour de nombreuses cultures, la vie déborde à tout moment de sens. Le rite relie l'homme en permanence au sens originel. Ce monde visible est la réplique mystérieuse du monde invisible. Les corrélations sont tissées dans chaque geste, dans chaque acte : manger, boire, se laver, se coucher, bercer un enfant, célébrer l'union amoureuse, faire un feu, etc. Tout en est imbibé. Pas un pan d'étoffe ne reste sec. Ces cultures suintent de sens comme on dit d'un mur qu'il suinte l'humidité. L'image est juste. Il y a certes un mur dressé entre le monde visible et le monde invisible, mais ce mur laisse passer l'humidité. C'est-à-dire qu'il ne sépare pas vraiment : il relie par la sécrétion un côté à l'autre.

Dans le monde d'aujourd'hui, ce mur est de béton ou d'acier, il ne suinte plus. La respiration, la porosité entre les deux est interrompue. Le plus souvent le sens ne transpire plus.

Avec la perte de conscience de cette reliance, la monde visible tombe dans l'inanité. Tout devient insignifiant. Que je me lève ou que je demeure au lit, que je mange ou que je refuse la nourriture, que je sorte de chez moi ou que j'y reste, que j'allume la lumière ou que je m'attarde dans le noir, que je sois de bonne humeur ou dans la plus noire mélancolie, tout cela ne concerne que moi, ne résonne pas plus loin que le corridor ou la porte du palier. Que je vive ou que je meure, que je végète ou que je fleurisse reste indifférent à l'entière création.

Georges Bataille se posait la seule question,

disait-il qui vaille, devant un homme : « De quelle manière survit-il au choc qu'il y a de n'être pas tout ? » Survit-il par l'argent, le sexe, l'alcool, la polémique, le militantisme, la foi, le foot... ? De quelle manière, dirais-je en modifiant un peu la question, survit-il au choc de n'être pas relié à tout comme l'ont été ses ancêtres depuis le début des temps ? Quel(s) substitut(s) invente-t-il ? Une chose est certaine : tous ces planchers qu'il se construit, ces ersatz de sens, ne le porteront pas toute une vie. Ils tiendront un temps avant de le laisser passer lourdement au travers et se rompre le cou.

La langue française brouille deux champs sémantiques étymologiquement bien distincts (*sen* et *sensus*) où « sens » est à la fois entendu comme direction, le sens à suivre, et comme signification, raison d'être.

Ainsi le sens de la vie si clairement philosophique dans d'autres langues, reçoit-il peut-être en français, dans notre imaginaire collectif, une connotation sèche de signal routier ? « Pourriez-vous m'indiquer s'il vous plaît le sens de la vie ? » Je ne prétends pas que cela nous soit conscient mais je pressens là l'origine d'une sensation qui ne me quitte pas. Tous les sens de la vie, toutes les directions données à la vie, des plus dures : faire du fric, devenir puissant, célèbre... aux plus sensibles : servir une cause, m'engager, militer... prennent à la longue, *si elles tiennent trop longtemps toute la place dans une vie*, quelque chose de dur, de méchant, j'allais dire de « désespérément méchant » par la crispation inévitable qu'engendre l'effort de se maintenir sur un rail, de tenir bon à tout prix. « Dans notre famille nous sommes croyants. Nos enfants sont toujours allés avec nous à la messe... » Le troisième fils, à la consternation générale, non seulement se drogue mais deale. Ou encore : un chef d'entreprise a mis l'énergie de toute une vie dans la construction de sa firme. Il a trois fils. Et il s'aperçoit récemment qu'aucun d'entre eux ne veut reprendre l'affaire. « Pour moi, seule la famille comptait... » Désarroi profond.

Le sens de la vie n'est ni transmissible ni héréditaire. Autour de quelle charnière, des systèmes en apparence cohérents collapsent-ils ? Tout peut dans l'ordre des apparences être « édifiant » et pourtant l'édifice s'avère fissuré jusque dans ses fondements. *La vie*, appelons ainsi approximativement cette force dérangeante qui se charge à brève ou longue échéance de délabrer tout système, n'a cure des bonnes intentions. Non que ces intentions précitées n'aient pas été sincères, mais *la vie* ne les respecte pas. Dans toute croyance, dans tout principe, dans toute idéologie, elle flaire le « système », la réponse toute faite. *La vie* ne tolère à la longue que l'impromptu, la réactualisation permanente, le renouvellement quotidien des alliances. Elle élimine tout ce qui tend à mettre en conserve, à sauvegarder, à maintenir intact, à visser au mur.

Une religieuse me raconta un jour comment, sur le navire qui l'emmenait en mission au

40

Cambodge, le sens de son voyage s'écroula en un seul instant alors qu'elle montait prendre l'air sur le pont. Soudain vidée jusqu'au tréfonds de tout ce qui aurait pu justifier et légitimer cette mission en terre étrangère, elle se trouva au cœur d'un désespoir complet devant toutes ses croyances anéanties. « Tout prenait l'eau, tout sombrait. » Ce passage radical, des représentations religieuses à l'expérience du néant, lui apparaissait, dans le récit qu'elle en faisait aujourd'hui, avoir été la chance de sa vie. « Le bouddhisme qui m'a accueillie a mis trente ans à me faire retrouver le christianisme. Bien sûr pas tout à fait celui que j'avais perdu ! » C'était une belle personne dont j'ai tenté en vain par la suite de retrouver la trace.

La désillusion politique n'est pas de nature différente. Voir un système idéologique se jouer de la plus haute espérance des hommes est à juste titre intolérable. Pourtant l'instant où un champ d'espoir collectif se sclérose en un système de pouvoir est souvent décelable. Plusieurs fois, des amis, vieux militants communistes, m'ont raconté avoir eu très tôt des montées de malaise devant l'une ou l'autre option de leur parti et de les avoir aussitôt étouffées par « loyauté ».

Il ne s'agit pas pour autant de laisser l'amertume tirer sa conclusion, de renoncer à tout idéal ! Ce qui importe c'est de remettre cet idéal chaque jour à l'épreuve de la vie, *d'oser une réponse unique* (surgie du riche humus de l'expérience amoncelée) *à une situation unique*. C'est la haute discipline à laquelle nous sommes invités chaque jour de neuf.

Quand je regarde mon passé, je suis frappée par la rigueur avec laquelle une idéologie après l'autre m'a été ôtée. Même les plus modestes. Chaque fois que j'ébauche un simulacre de théorie, la vie d'un coup d'éventail me la fait tomber des mains. Un seul exemple : ma dernière « vache sacrée ». Après des années de Leibthérapie[1], elle avait nom : lâcher-prise. Elle m'apparaissait comme une prescription inébranlable, un dogme doux, ce qui reste quand on croit s'être allégé de tout le reste. Pendant toutes les semaines qui précédèrent la mort de mon père, je n'avais au cœur qu'une prière : celle de le voir relâcher sa tenue qui m'apparaissait une tension, sa discipline de chaque instant, s'abandonner devant l'approche de la mort, oui : lâcher prise !

Avoir songé à suggérer à ce père bien-aimé comment il avait à mourir me paraît aujourd'hui d'une indicible arrogance. A un homme qui traversa ce siècle de fer et d'enfer de part en part, et qui venait d'une époque où on mourait encore de sa propre mort, on ne suggère pas comment il sied de mourir ! Aussi à l'instant de rendre son dernier souffle, il tenta de se redresser et de se mettre debout. J'ai découvert plus tard à la lecture de Friedrich Weinreb, que certains zaddiks demandaient à l'instant de

---

1. Travail sur le corps dans la mouvance et la respiration de l'école de Graf Dürckheim.

mourir d'être mis debout, et j'en reçois après coup le message. « Tu ne sais pas à quel point tu ne sais pas ce que tu ne sais pas » (Rabbi Nahman). L'humour de mon père était délicieux. La pensée que de l'autre versant du monde il puisse sourire de cette dernière leçon à sa fille éclaire quelque peu ma consternation.

La vie nous casse nos idéologies au fur et à mesure de notre avancée, les bonnes comme les mauvaises.

La vie n'a pas de sens, ni sens interdit, ni sens obligatoire.

Et si elle n'a pas de sens, c'est qu'elle va dans tous les sens et déborde de sens, inonde tout.

Elle fait mal aussi longtemps qu'on veut lui imposer un sens, la tordre dans une direction ou dans une autre.

Si elle n'a pas de sens, c'est qu'elle *est* le sens.

Oui mais comment retrouver son chemin dans ce dédale ? Comment s'y retrouver ?

Un bon début consiste à abandonner l'espoir même de trouver une clé à l'énigme, mieux encore de quitter la peur de s'égarer.

« Jamais la forêt ne se perd », dit le plus beau des koans.

Mais sans espoir et sans peur, que reste-t-il ? Comme Sacher, le vieux valet d'Oblomov, outré de l'ordre que lui intime son maître de nettoyer enfin la literie : « Mais que serait, je vous le demande, un sommeil sans pou et sans punaise ? », on peut se demander : De la vie, que reste-t-il sans peur et sans espoir ?

Je ne connais guère métaphore plus inspirante pour frôler le mystère de la création que celle du *nœud* de la tradition hébraïque.

De quelle manière le visible est-il relié à l'invisible, le sacré au profane, le corps à l'âme ? Par mille fils emmêlés les uns aux autres et réunis en un nœud.

Des sages d'Asie Mineure demandèrent à Alexandre le Grec en désignant le nœud gordien : « Sais-tu de quelle manière les mondes sont reliés entre eux ? » Il répondit *à la texane* comme un quelconque *terminator* au rabais, par un geste qui lui valut l'admiration des sots : d'un coup de sabre ! En coupant en son milieu le nœud, il entérine le drame de l'Occident : la mort de la relation, l'ère de la dualité, le terrorisme du « ou bien, ou bien » qui traverse toute l'institution de notre imaginaire, du politique à l'informatique (élaborée sur le deux). Dès lors le prodigieux déploiement de la richesse qui habite *entre* les pôles, l'espace même de la respiration est sacrifié. Le monde moderne est né.

Que veut dire ce nœud ? Ce nœud que, dans le commentaire talmudique, Dieu porte dans la nuque quand Moïse l'aperçoit de dos.

Le nœud exprime le mystère du monde créé. Rien n'est ni linéaire, ni causal, ni prévisible. Le nœud nous dit : prends soin du monde et de tout ce qui te rencontre. L'inattention te coûterait cher, te ferait rater les plus grands rendez-

vous. Tu ne sais jamais à quoi le fil que tu tiens
est relié de l'autre côté. A l'autre bout.

Chaque inconnu qui te rencontre peut être le
messager des dieux.

« Exercez l'hospitalité en tous temps car
beaucoup d'entre vous, sans le savoir, ont
hébergé des anges ! » (saint Paul, *Lettre aux
Hébreux* 13-1.)

Chaque geste que tu fais peut t'ouvrir ou te
fermer une porte. Chaque mot que bredouille
un inconnu peut être un message à toi adressé.
A chaque instant la porte peut s'ouvrir sur ton
destin et par les yeux de n'importe quel men-
diant, il peut se faire que le ciel te regarde.
L'instant où tu t'es détourné, lassé, aurait pu
être celui de ton salut. Tu ne sais *jamais*. Chaque geste peut déplacer une étoile.

Cette certitude que tout, aussi minime en
apparence et à chaque instant, puisse être relié
à la face cachée du monde, transforme radicalement la vie. Le brouillard de l'insignifiance
est levé.

Cette manière d'être au monde m'est familière, elle m'était naturelle quand j'étais enfant.
Tous mes sens étaient en alerte car à tout
moment *cela* pouvait surgir et me rejoindre :
dans un tas de feuilles mortes sous un platane,
dans l'eau noire de l'encrier, dans les poches
du tablier, sous le préau de la cour, au fond
d'une boîte remplie de boutons de nacre chez
la mercière. A tout moment quelque chose
d'insaisissable pouvait sourdre et me revêtir
d'un frisson. La vie entière était sacrée jusqu'à

ce qu'on m'eût persuadée au lycée que tout ce qui avait de l'importance se situait hors de moi, presque hors de portée, et qu'il me faudrait ingurgiter des tonnes de choses pour devenir « quelqu'un » un jour. Ceci me valut un détour de quarante ans. Étrangement cette sensibilité première nous est parfois restituée avec l'avancée en âge. Ce sont les sens qui nous rendent le sens. Nos sens, maîtres du sens, nous rendent la richesse originelle et nous délivrent du désir féroce d'avoir raison.

Les corps conducteurs

Je suis sous l'emprise d'une terrible rage de dents. Le dentiste de secours que je suis allée trouver la veille du jour de l'an m'a installé une affaire provisoire, mais le nerf doit d'une certaine manière se trouver pris car toutes les heures environ durant deux ou trois minutes, je suis sous courant électrique. Mes proches se fâchent en me voyant chaque fois pâlir de ce que je ne prenne pas d'analgésique. Mais je n'en ai pas le goût. Je sais que mon paisible dentiste du village sera bientôt de retour de ses vacances et je l'attends. Pour ce qui est de l'analgésique, je le refuse non par stoïcisme mais par une curiosité féroce et obstinée qui est l'axe de ma vie. Je tiens à vivre ce qui me rencontre.

L'amour de l'amour est aussi cette folie dont je n'ai jamais voulu être soulagée. Beaucoup s'en détournent, veulent en être guéris. Je me suis faite l'entomologiste de tout ce que l'amour faisait vibrer en moi, grésiller, tressaillir, de tout ce qui battait des ailes, remuait de minuscules pattes, vrillait des trous et des galeries dans ma chair. L'amour qui lie l'homme à la femme, la femme à l'homme, et l'homme et la femme à l'amour, n'entrouvre son mystère qu'à ceux qui ne craignent pas de souffrir. Attention, je ne dis pas « qui aiment souffrir » mais qui ne reculent pas devant les passages obligés de la souffrance, qui ne rebroussent pas chemin quand il s'agit de passer à gué à travers la pierraille d'un torrent violent.

Qu'est-ce qui relie l'homme à la femme, la femme à l'homme ?

Je crois qu'à l'origine tout les sépare. On n'ose pas assez dire la radicale différence de leur être. Le dialogue entre Azkia, le voyageur égaré et l'une des guerrières de la Citadelle des filles [1], me revient en mémoire, tel qu'il coulait autrefois de ma plume.

« Hommes et femmes, destins inextricables, arbres encroués aux couronnes mêlées, qui vous séparerait ?

– Ah ! laisse donc, dit Sharka, ne vois-tu pas que nous sommes déjà séparés sous nos couronnes brisées.

– Séparés ? Eh bien, peu importe ! Retourne le sablier ! N'est-ce pas toujours le même sable qui coule ? L'amour est douce qui enferme en une seule arabesque l'homme et la femme. L'amour est douce, qui réconcilie l'irréconciliable, lie ce que les dieux jaloux séparent. Elle est belle la petite seconde d'éternité où les oiseaux de la nuit en rejoignant leurs nichoirs frôlent les oiseaux du jour qui s'éveillent... Elle

---

1. Christiane Singer, *La Guerre des filles*, Albin Michel.

est belle, la petite seconde où la mort qui arrive, boit la vie qui s'en va sur les lèvres du moribond. Elles sont belles les rencontres furtives de ce qui n'est pas fait pour se rencontrer. Elles sont belles les rencontres de l'homme et de la femme, elles sont belles et terribles... »

Ce qui transparaît dans ce dialogue est devenu avec le temps pour moi une évidence. Ce qui vaut à l'amour de n'être en cette fin de millénaire qu'un paysage de ruines, c'est qu'il appartient au *tremendum* – à l'effroi. Si notre civilisation s'est acharnée avec tant de fureur à le détruire, c'est qu'il est impossible à intégrer, c'est qu'il appartient par essence à l'ordre sauvage. A l'ordre sacré.

Sacré, secret : une seule enclave.

Dans l'amour, dit le Zohar, réside le secret de l'unité divine.

Dans notre univers contemporain et carcéral, voué entier au mercantilisme et à l'insignifiance, ce qu'il s'agit à tout prix (vraiment à tout prix) d'éviter, c'est la profondeur et l'intensité. Tout est mis en place, construit, inventé, dressé, produit, distribué pour détourner de l'amour et servir de rempart à son rayonnement incendiaire.

Ce n'est pas, bien sûr, l'amour qui s'en trouve menacé. Ce qui est menacé, c'est *notre* faculté d'aimer. Il serait en fait aussi grotesque de vouloir défendre l'amour que de « défendre » la nature. Rien n'est plus naïf qu'une notion telle que la « protection de l'environnement ». La nature et l'amour c'est le Un – le Tout. Notre société ne parviendra pas plus à extirper l'amour de la Création qu'à éteindre la Voie lactée, mais elle réussira bel et bien à s'extirper elle-même. Ce qui est menacé, c'est notre participation au concert, non le concert. C'est notre branche que nous scions, notre participation à la fête que nous compromettons. En réduisant le champ vibratoire de l'amour dans nos vies, c'est nous-mêmes que nous expulsons hors du domaine des Vivants. Le camp des morts et des zombies agrandit son périmètre.

La frénésie mise à tout dégrader s'attaque d'abord aux corps. Le pire est peut-être l'habitude dans laquelle lentement nous glissons de tolérer en paroles et en images cette profanation des corps. Partout règne ce discours qui mécanise, légifère, fiche, répertorie, catégorise. Günter Grass, en parlant de sa génération jetée à l'âge de quinze ans dans la guerre fasciste, disait : « Ils nous ont enrôlés, ils nous ont tués et ils nous ont fichés – et de ces trois états, c'est peut-être le troisième qui est le pire. » J'y songeais devant un catalogue d'agence de mannequins aux rubriques : bouches, seins, fesses, jambes, pieds, etc. Enrôlées, portionnées, fichées. Le docteur Mengele n'est plus loin. Ces femmes si belles, ces prêtresses vouées ici au martyre de l'insignifiance et de la profanation sur les murs de la ville sous nos regards consentants et véreux – n'est-ce pas là quelque chose de déjà ignominieusement familier ?

Une autre parole fait œuvre de destruction :

le discours hygiénique et pseudo-scientifique qui transforme du vivant en norme, en chiffres, en chimie – qui s'acharne à confondre la Vie et le support physique de sa manifestation, qui ne retient de tout un poème que la composition chimique du papier sur lequel il se trouve imprimé. Dans une longue interview du *Monde*, un chercheur célèbre[1] coupe court à la question, peut-être déjà trop métaphysique à son goût, du journaliste : « Et le sens de l'esthétique a-t-il son siège dans le cerveau ? » « J'ai déjà évoqué plus haut l'interaction du lobe frontal et du système limbique ! » Quand le docteur Diafoirus fait alliance avec Frankenstein...

Il ne s'agit pas bien sûr d'entrer dans la déploration mais de réveiller nos mémoires profondes. Il n'est pas d'engagement possible en amour sans le respect des corps. Sans un saisissement devant l'énigme du corps – l'alambic de toute alchimie !

L'hébreu, nous rappelle Annick de Souzenelle, n'a pas de mot pour dire corps. Tant que le corps n'est pas entré en contact avec le germe de Dieu, il est cadavre. Ensuite il devient *chair*, chair de vie et de lumière, dans la fulgurance de l'amour.

Ce sont les cadavres qui « font » l'amour en cette fin de siècle. La chair des amants, elle, le célèbre.

Pourquoi est-il si impératif d'opérer un re-

---

1. En ne le nommant pas, je lui laisse sa chance d'avoir changé.

tournement et de relier à nouveau dans nos consciences l'amour de l'homme et de la femme au divin ? « L'amour n'est pas définissable, dit Ibn Arabi[1]. Il est une aspiration, une énergie qui attire l'être tout entier vers son origine divine. » Nous n'avons que l'amour pour avoir accès au réel. Que nous le souhaitions ou non, que nous le soupçonnions ou non, l'amour nous révèle l'irrémédiable unité de la créature et de l'entière création. Avant même que nous ayons poussé un soupir, l'immensité nous a déjà bus. L'amour nous livre le Mystère de l'Un, nous y accueille après que nous ayons franchi le seuil de l'effroi. Se perdre ! Oui, pour se trouver. L'amour nous offre la chance de mourir sans avoir à y laisser la vie ! Et cela chaque fois de neuf, car la réalité, pour entrer dans sa floraison et sa délivrance, a besoin de ces ponctions d'éternité que seuls ceux qui aiment sont capables de lui donner.

Réduire la sexualité à une « activité de consommation » parmi d'autres comme le fait notre époque ou à une faculté de reproduction comme l'a fait trop longtemps l'Église sont des brutalités sans nom. L'accès royal à notre mémoire profonde s'en trouve miné, sapé. Car après avoir été immergés dans l'Unité fondatrice, les amants réémergent, porteurs du mystère. Le rapport à la réalité sociale et culturelle de leur époque en est radicalement changé, leur responsabilité accrue, leur regard transformé. La

---

1. *Traité de l'amour.*

maladie mentale qui coupe l'homme moderne de la continuité de sa conscience s'en trouve guérie.

L'éros n'est pas, bien sûr, l'unique accès à la conscience divine, mais c'est une seule et même fulgurance qui le porte et porte la prière, la ferveur, l'amour inconditionnel. Il frappe comme la foudre de haut en bas, mais le travail de la remontée et de la répartition de cette énergie est l'œuvre de toute une vie. Aussi les catastrophes inhérentes à l'amour, les drames de toutes sortes ne remettent-ils strictement rien en cause ; ils ne sont là que pour éviter le pire – qui serait bien sûr de n'avoir pas aimé !

« L'amour est une création de fine noblesse, une merveilleuse œuvre des âmes et des corps[1]. » Certains se demanderont avec humeur : « Pourquoi n'ai-je jamais connu de grand amour ? » comme ce petit garçon que j'entendais grogner : « Pourquoi j'ai jamais été en Afrique ? » Nous plaignons-nous de n'avoir jamais composé *Le Bateau ivre* ou *Le Cimetière marin* ? « Un grand amour est une grande distinction octroyée selon des règles inconnues », je ne sais plus hélas dans quelle bouche j'ai entendu ces mots.

L'essentiel est de savoir que nous avons part à l'amour en tout lieu et à tout instant. Quand nous cherchons dans nos vies les traces que la tendresse y a laissées (même si dans certaines de nos existences c'est là un dur travail archéo-

---

1. José Oriega y Gasset, *Triomphe de l'instant*, Glanz der Dauer – DTV, p. 103.

logique !), nous créons aussitôt un espace de résonance qui la met au monde. Quand nous ouvrons les yeux et voyons partout dans la création les reflets du grand amour qui nous fondent, nous ravivons sa flamme. De même chaque fois que nous nous émerveillons et que nous nous laissons toucher : en un mot chaque fois qu'enfin nous laissons l'amour *nous* trouver !

Si l'amour est bien notre état naturel – état de reliance, état de transparence et de lumière –, d'où vient qu'il engendre tant de souffrance ? A force de me poser cette question, une autre question brûlante en a émergé – ce qui est déjà mieux qu'une réponse !

Et s'il n'existait que deux écueils à l'amour de l'homme et de la femme ?

Le premier serait de se prendre soi-même pour la personne qui est aimée.

Le second de prendre l'être qu'on aime pour l'être aimé ?

Il n'est peut-être pas superflu d'éclairer ces phrases.

Dans l'amour courtois, le chevalier court un danger mortel quand la dame de ses désirs détourne l'amour à son profit. Lorsque, non contente de faire grandir l'homme qui la vénère par l'adoration même qu'il lui porte, elle cherche à tirer de cette situation des avantages personnels de l'ordre de la domination ou du chantage amoureux.

Hugo von Hofmannsthal parle dans son journal intime d'un sultan qui se voyait forcé de faire assassiner les femmes qu'il avait aimées car

« elles tentaient toujours de se placer entre l'amour et lui ». C'est une forte image. Se placer entre l'amour et l'aimé ! N'est-ce pas ce qui se produit inexorablement lorsque l'un des amants se sert de l'amour pour arrondir sa propriété et sa biographie – au lieu de s'exposer au vent doré de toutes les incertitudes et de tous les miracles ?

Attardons-nous un instant à la naissance de l'amour, quand la déflagration de la foudre a évidé les troncs, et que face à face il n'y a personne – ou mieux il y a personne (*per sonare* : ce qui souffle au travers). Il y a la vie à travers laquelle le vent souffle. Aussi long-temps que sous l'effet de la surprise, de l'effroi et de la suffocation, nous restons vides, *l'amour est là*. Cela peut durer un instant ou des heures, des jours, des mois – voire des années pour les virtuoses de l'amour aussi rares que les grands musiciens virtuoses, ces êtres qui s'esquivent quand la musique entre !

Ainsi tout se passe comme si l'amour cher-chait pour déployer ses merveilles de vastes étendues vides. Sous sa déflagration, l'espace est vidé. Le saisissement l'a vidé – le saisisse-ment qui seul livre à l'arraché la perspective éblouissante du *réel*. L'amour roule ses vagues, déploie ses marées sur les plages immenses et vides que sont alors devenus l'homme et la femme. L'homme et la femme visités. Si le premier écueil est de se prendre pour celui qui est aimé et le second de croire reconnaître en l'autre la personne que j'aime, c'est que la ren-contre a en vérité lieu ailleurs.

Ce ne sont plus deux êtres qui se retrouvent face à face avec leur histoire et le bataillon de mercenaires qui les constituent (soient les mille aspects de leur personnalité réciproque) mais deux espaces abolis – deux corps de résonance, deux corps conducteurs. Une double absence claire et lumineuse dans laquelle la Présence s'est engouffrée.

Parle-moi d'amour...

A la télévision autrichienne, au cours de la retransmission d'un concert de la *Neuvième Symphonie* de Beethoven, une caméra un peu malicieuse se promène le long des rangs serrés et montre les visages. Certains somnolent. Ce sont des abonnés au Konzerthaus. Beaucoup connaissent déjà la *Neuvième Symphonie* et sont venus pour être rassurés sur eux-mêmes. Rien n'est changé, on joue encore à Vienne la *Neuvième Symphonie* de Beethoven.

Ce qui me rappelle la réaction de Dürckheim à la question : « Pourquoi parlez-vous si peu d'amour ? » « Parce que ça fait trop longtemps qu'on en parle sans le vivre. Quand on en parle, tout le monde, rassuré, s'endort. »

Comment n'être pas des abonnés absents, des somnolents de l'amour ? Je ne vais dire que les choses que je sais et que vous savez depuis toujours, mais tenter de les dire pourtant pour la première fois.

Un instant, ensemble, un seul instant, ouvrons la cage de nos blessures, de nos peurs, de nos expériences négatives, de nos savoirs divers. Un instant, ouvrons ces fers si familiers que nous ne les sentons plus. Un instant, entrons dans l'incandescence de la mémoire ! L'amnésie dans laquelle nous sommes tombés quant à notre vraie origine met en danger les humains et la nature. Nous avons oublié que sans la puissance amoureuse qui nous habite, le monde est perdu. Tout sur terre appelle notre regard amoureux. Le drame des édifices religieux est la poussière dont le temps les recouvre. Nous sommes continuellement appelés à enfanter dans le temps. La devise des grandes entreprises de pompes funèbres américaines : « Mourez et nous ferons le reste » est dans notre société contemporaine transformée en un : « Naissez et nous ferons le reste ! » J'entends là un ordre diabolique de dépossession. Voilà ce pacte qu'à un moment donné nous avons conclu : « Tu promets d'oublier que tu es un enfant de Dieu et de devenir un malheureux citoyen ? » « Oui, je promets. » « Tu promets d'oublier que le monde t'a été confié et de sombrer dans une impuissance profonde ? » « Oui, je promets. » « Tu promets de toujours confier à quelqu'un d'autre la responsabilité de ta propre vie, à ton époux, à ton professeur, à un prêtre ou à un médecin ou, en cas d'émancipation ou d'athéisme, à la publicité ou à la mode ? » « Oui, je le jure. » Ce qui a l'air d'une parodie est la réalité de notre existence. La plus grande part de notre énergie, nous l'utilisons pour oublier ce que nous savons.

Impossible de dire quand le pacte a été conclu mais peu importe, puisqu'à chaque instant je peux le résilier et entrer dans l'incandescence de la présence.

Le monde menace de tomber en agonie si nous ne réveillons pas en nous cette faculté de louange. C'est l'intensité qui manque le plus à l'homme d'aujourd'hui. Où est en nous le désir, l'ardeur ? Où est cet amour qui tient éveillé ? « Ce n'est pas l'ascèse, disait Hrabia, qui fait que nous traversons la nuit sans dormir, c'est l'amour qui nous tient éveillés. » Tous ces êtres autour de nous qui se plaignent d'un manque d'énergie oublient la ferveur.

Il est temps d'abandonner ces fadeurs écœurantes sous lesquelles nos cultures ont défiguré l'amour, le méli-mélo idéaliste sur l'amour visant à en désamorcer la charge explosive. Vivre dans une non-haine, dans une non-agression, dans un semi-pacifisme n'est pas vivre dans l'amour. J'appelle amour tout ce qui est porosité absolue à Sa Présence. Je me souviens d'un passage de *La Présence ambiguë* de Hamidou Khane, évoquant le drame de l'acculturation : « Je plains ces hommes d'Europe de ne plus être remplis d'effroi sacré devant le lever du soleil. » Ces espaces du toucher de la Présence, nous les retrouvons partout où l'ego, le désir de puissance, la manipulation n'ont pas troublé l'eau : devant la nature, devant un enfant, devant un animal, devant la beauté d'un regard, d'un corps, d'un visage, ces espaces en prise directe sur le divin. Or ces espaces, ce sont précisément les lieux sacrifiés, profanés de notre société. Ce qui nous rencontre dans les yeux d'un animal, de même que le regard posé sur nous par un enfant, nous interroge de façon si aiguë : « Qu'as-tu fait de ta vie ? » qu'il nous est insupportable. Je vois là la raison du massacre des innocents qui est le quotidien de nos sociétés. *Nous ne pouvons plus supporter ces regards qui nous scrutent jusqu'aux reins.* J'ai connu une jeune fille, depuis des années en traitement psychiatrique, qui avait fait son stage d'ingénieur agronome dans une entreprise d'élevage porcin. « Quand j'entrais pour mettre en marche le distributeur automatique de nourriture, il fallait que dans cette masse couinante que j'avais devant moi, j'évite à tout prix de croiser un regard, sinon j'avais envie de hurler de la détresse de cinq cents bêtes dans un espace bétonné ! » Pour les animaux, c'est tous les jours Treblinka. Lors de l'abattage de centaines de milliers de « vaches folles », je pensais seulement à ce regard hagard de celles qui furent en Grèce des déesses, et je pensais à tous ces malheureux hommes qui deviennent les artisans de ce massacre à la chaîne et qui se tiennent eux-mêmes sous le couteau du boucher et seront hantés toute leur vie par des visions de carnage (l'horreur provoquant toujours des horreurs en cascade).

Quand mon jeune fils Raphaël avait quatre ans à Rastenberg et que nous avions encore des vaches, nous le retrouvions assis, jambes ballantes dans les mangeoires, les yeux dans les yeux des bovins. Il venait y boire l'éternité.

Dans les villages oubliés de Pologne, m'a-t-on raconté, les vaches s'appuient encore sur l'épaule du paysan qui les trait.

Lorsque, en Inde, j'ai rencontré le regard d'ermites ou de saddhus, des regards dans lesquels on entre et on se perd, je me suis dit : « Je connais ces regards, je les ai déjà vus sur cette terre. » C'était le regard des nouveau-nés que j'avais connus.

Comme celui des bêtes, ces regards nous parlent de la Présence. Il n'y a rien en eux qui fasse obstacle entre l'amour et nous, il n'y a personne qui jette son ombre, il n'y a pas le filtrage de l'ego. Aussi ne sommes-nous plus en mesure de supporter ces regards. Et c'est pourquoi le territoire de l'enfance est en butte à un pilonnage sans merci ; la cible de notre ordre social et industriel ne vise rien d'autre que son extinction. Il constitue une faille géologique dans l'espace dit civilisé qu'il faut à tout prix combler. Il ouvre sur l'inconnu, sur le sacré, sur l'insupportable et s'il est prouvé que cette dimension existe, tout l'univers fabriqué devient caduc. L'avalanche de gadgets et de machines diaboliques que nous déversons sur eux avant qu'ils n'aient atteint l'âge de l'abstraction est une entreprise de destruction ; leurs yeux s'éteignent, deviennent carrés comme les écrans et pleins d'images mortes et mortifères. Nous sommes alors délivrés de leur regard ! Il en va de même de toutes les souillures, brutalités, violences de tous ordres que subissent les enfants. Tout ne vise, à des degrés différents d'infamie, qu'à éteindre ces regards insupportables posés sur nous : « Qu'as-tu fait de ta vie ? »

Il en est de même de tous les espaces en prise directe sur la Présence dans notre société. L'amour de l'homme et de la femme, épiphanie de la divinité, n'est plus qu'espace miné. Les panneaux publicitaires couverts du corps des femmes m'apparaissent parfois comme un étendage de peaux sous le couteau des équarrisseurs. En un mot, tout ce qui est sacré, secret, est retourné comme peau de lapin écorché, profane, dérisoire, aussi vain que la transformation dont parle Stendhal dans *Henry Brulard* : un coup de feu et la merveille qu'est un faisan en plein vol est transformée en une once de chair morte.

Mais à trop parler de lumière, nous risquerions de créer de l'ombre. Nous ne sommes pas ici des marchands d'illusions, je ne crains rien de plus que les illusions et les idéalismes, je sais que les cultes de pureté créent l'enfer, et que les idéologies qui placent d'un côté les belles âmes et de l'autre les monstres ont vite fait de construire leurs goulags, de lâcher leurs démons. Nous ne sommes pas là pour nous bercer les uns les autres, mais pour nous réveiller ensemble, pour réveiller en nous la Mémoire endormie de l'Alliance fondatrice de notre être, nous demander comment accéder de neuf à *ce qui est*.

L'amour décor, l'amour qui embellit les apparences, qui recouvre ce qui n'est pas présentable – le ravalement *in extremis* de la façade sociale – n'est pas de l'amour. L'« amour » ou ce que nous croyons être l'amour, avant que n'ait eu lieu l'empoignade, la friction, le corps à corps avec la création, la lutte avec l'ange, la confrontation avec l'ombre qui nous habite, cet amour-là n'est que le royaume de la mièvrerie.

Ce que j'appelle amour est entier dans cette phrase d'un rabbin rescapé d'un camp de la mort : « La souffrance a tout calciné, tout consumé en moi, sauf l'amour. » Si cette phrase nous atteint de plein fouet, c'est que nous sentons bien combien nous sommes loin des représentations, du décorum de l'âme. *L'amour est ce qui reste quand il ne reste plus rien.* Nous avons tous cette mémoire au fond de nous quand, au-delà de nos échecs, de nos séparations, des mots auxquels nous survivons, monte du fond de la nuit comme un chant à peine audible, l'assurance qu'au-delà des désastres de nos biographies, qu'au-delà même de la joie, de la peine, de la naissance et de la mort, *il existe un espace que rien ne menace, que rien jamais n'a menacé et qui n'encourt aucun risque de destruction, un espace intact, celui de l'amour qui a fondé notre être.*

Quiconque s'est engagé dans l'aventure folle d'aimer, entrera tôt ou tard dans l'incandescence de cette steppe incendiée. Sortis de l'innocence, nous devons retraverser l'espace qui nous sépare. Jean-Yves Leloup nous rappelait la synchronicité de la naissance du Christ et du massacre des Innocents. Le même jour ! « Je forme la lumière et je crée les Ténèbres. »

(Isaïe, 45-7.) Là est lové le plus infracassable des mystères de la création, le plus insuppor-table, le plus aveuglant. Quiconque s'engage dans l'aventure d'aimer envers et contre tout se trouve confronté tôt ou tard avec l'inacceptable, la nuit, le non-sens total, *la perte du sens*, avec la question : « A quoi cela sert-il d'aimer ? Pour en arriver là !!! » « J'aurai le même sort que l'insensé, pourquoi donc aurais-je été plus sage ? » se lamente l'Ecclésiaste (2/16). Et devant les trois croix dressées de la pâque, qui ne s'est demandé « puisqu'Il a le même sort que les brigands, à quoi cela a-t-il servi d'aimer ? »... la perte des illusions, la perte des représentations, des espérances, des idoles.

Il existe un passage forcé par l'ombre, par la mort de nos représentations. Cette jeune femme victime d'inceste dans l'enfance, qui crut mou-rir en nous confiant son secret noir : elle partait chaque premier de l'an, seule sur la plage, et enfonçait le couteau qu'elle apportait, caché sous sa chemise, dans le sable. En nous livrant son secret de détresse, elle obtint enfin l'amour qu'elle croyait perdre par cet aveu – et son propre pardon.

Ou cette scène inoubliable lors d'un autre séminaire : une jeune femme ravagée par la mémoire remontée – elle avait souhaité vingt ans plus tôt la mort de son enfant. Morte de haine envers elle-même et de honte. Et une voix soudain, je crois que c'était la mienne, et c'était pourtant une voix : « Y a-t-il une autre femme parmi nous qui ait eu ce souhait à un moment

de sa vie ? » Et cet instant silencieux où lentement, l'une après l'autre, les femmes se lèvent
et s'avancent. Ce qui se passe alors est de
l'ordre du mystère initiatique. « Il est mort en
moi le juge de mes frères et de mes sœurs. »
Indescriptible, ce courant de la reconnaissance :
ainsi tu es moi et je suis toi, et nous nous étions
crus séparés.

Ce qui est sorti de l'humide – du marais de
l'auto-accusation, de la haine de soi – est mis
au sec où il ne peut plus proliférer. L'*ombre*
habite la vase et y prolifère. Au sec de la
conscience, elle se dessèche et meurt, se laisse
composter si j'ose dire. Notre misère de meurtrier en puissance est nécessaire pour nous révéler que tout peut être transmué ! Dans l'espace
ainsi libéré, l'amour s'engouffre et l'absolue
compassion.

En vérité nous sommes nombreux à faire de
grands efforts pour que le monde devienne plus
vivable et nombreux à nous sentir pourtant
impuissants. Que d'initiatives louables, que
d'efforts de bonne volonté, que d'inventivité
pour changer les choses, des structures, des pro-
grammes, des lois ! Que d'inventivité, que
d'intelligence, que de génie même pour un
résultat si piètre ! Que manque-t-il à cette école
nouvellement inaugurée, qui a de grands espaces clairs bien aérés, qui répond à toutes les
normes de sécurité, pour que les enfants ne
fassent pas œuvre de vandalisme, ne se sentent
pas comme dans une gare de triage ? Que man-

que-t-il à ces maisons de retraite construites avec une efficacité excellente, avec des portes automatiques pour les chaises roulantes et une hygiène irréprochable pour que les vieilles personnes n'y dépérissent pas ? Ne sommes-nous pas tellement occupés par les installations sanitaires que nous ne voyons pas leurs yeux qui cherchent nos yeux ? Nous nous battons pour l'équité, pour la justice mais nous avons de la haine au ventre pour les criminels. Nous nous indignons de la dégradation de la nourriture, de la qualité immonde de la viande et des légumes, des fruits, des ignobles manipulations, et la colère que nous éprouvons aggrave la haine et l'empoisonnement. L'état de ce monde me révulse, m'indigne, me déchire, et c'est mieux que l'indifférence, mais rien ne sera changé si je n'entre pas dans la compassion. La vérité ne peut être une massue dont on assène un coup sur la tête de son voisin ; elle ne peut être que ce vêtement de compassion dont je couvre ses épaules. Tout reste inutile jusqu'au jour où, confronté à la désertification des cœurs humains et de la planète, nous fondons une oasis. Ô pas plus grande d'abord qu'une graine au fond de la main, pas plus grande qu'une graine au fond du cœur. Dans la nuit de Pâques, en certaines régions, les feux de Pâques brûlent partout dans la colline et dans la montagne. On les voit et on se dit : là aussi des hommes et des femmes montent la garde contre la nuit et veillent, attendent l'aurore, y croient. J'ai raconté dans mon livre *Rastenberg* comment la petite fille que j'ai été et qui fit le serment de revenir au *lieu du crime*, a atterri par les jeux du destin à quelques kilomètres du village où est enterrée la mère de Hitler, et que cette petite fille, aujourd'hui encore en moi, y monte la garde. Retourner au lieu du crime pour qu'il ne soit pas désert, pas hanté par les démons. Acte d'amour et de retour. Acte dérisoire et utile.

On raconte à Prague que le célèbre Rabbi Löw, que respectait tant l'empereur Rodolphe II, fut un jour pris sur un pont de la ville sous les jets de pierres d'une troupe d'enfants, et que les pierres en l'atteignant se transformèrent aussitôt en boutons de roses, et je me suis longtemps demandé ce qui avait rendu ce miracle possible. J'ai enfin trouvé l'autre nuit, dans ces insomnies qui sont devenues mes thébaïdes, une réponse qui m'a laissée satisfaite. Si Rabbi Löw réussit à transformer les pierres en roses, c'est qu'il aimait tellement les enfants qu'il ne pouvait pas leur permettre de devenir les assassins d'un vieillard.

Le miracle de l'amour, c'est d'être debout dans la nuit, plein de silence dans le fracas de l'insignifiance, plein de louange au milieu de la haine.

Histoire d'enfants

La paix ?

Les adultes standards veulent seulement qu'on la leur fiche – et, le plus tard possible, reposer en elle.

Aussi qui l'inventerait, la paix, sinon les enfants ?

Du moins aussi longtemps que les écrans mornes et lugubres n'ont pas vomi dans leurs yeux de lumière toute la hideur du monde !

Les enfants dont je vais conter l'histoire avaient – j'en mets ma main à couper – ce tison toujours avivé au fond de leurs prunelles, cet éclat de joie qui vous incendie le cœur en moins de deux quand vous n'en avez pas blindé les portes.

Pourquoi étaient-ils joyeux ?

Je crois que tous les enfants le sont jusqu'à ce que vous leur demandiez pourquoi. Objectivement, en effet, ces enfants-là n'avaient pas de « raison » d'être dans la joie : pieds nus, mal vêtus, mangeant sans doute à la sauvette dans du fer-blanc, souvent la morve au nez et les cils collés. Mais leur « raison » – en était-ce une ? – était superbe : ils étaient vivants !

Pour les nantis, à l'autre bout du monde, être vivant, c'est comme être repu, nourri, abreuvé, épouillé, vêtu, cela ne mérite pas qu'on s'y attarde. Mais pour ces enfants, cela n'allait pas de soi !

Ils n'en revenaient pas d'être vivants, de sauter, de bondir, de s'accroupir, de chanter à tue-tête, de voir au sol en plein midi onduler la chaleur comme un insaisissable serpent aux mille anneaux... d'être là, seulement là, dans la généreuse et brûlante poussière de l'Afrique, là, là, témoins de la Vie !

Oui, mon histoire se passe en Afrique. Je la dois à un merveilleux jeune homme de quatre-vingts ans : le philosophe et mystique Raimund Panikkar.

Marc, un jeune ami américain, décide d'éviter le service militaire et s'engage dans le service social pour une année. Il se retrouve moniteur de sport dans un village africain. Grâce au sport, il ne sera pas contraint de faire passer des modes de vie, des dogmes, des idéologies. Il pourra rencontrer des jeunes dans le seul plaisir du mouvement et les inviter à se dépasser dans l'effort. C'est du moins ce qu'il pense.

Il n'y a qu'une chose qu'il n'ait pas remarquée : combien ce produit d'exportation – le « sport » – transpire la rivalité et la compétition et combien sous le déguisement sympathique – maillot de corps et baskets – transparaît l'obsession d'évincer l'autre et de gagner. Gagner envers et contre tous. Contre la vie s'il le faut. En somme : toutes les options guerrières du cynisme économique.

Pour l'instant, notre jeune Américain, encore « inclus » dans son système d'origine et frappé par là même de cécité, ne décèle rien. Le « sport » permet d'être ensemble, voilà tout, et de jouer et de vibrer et d'oublier le supplice des méninges, l'horreur qu'il y a à ingurgiter tant de réponses à tant de questions qu'on ne s'est jamais posées ! Ah oui, comparé à la souffrance de l'« école assise », le sport est clément !

Voilà notre jeune homme devant les enfants. Il croit en dénombrer plus qu'ils ne sont. Du moins, il voit beaucoup plus de paires de jambes, beaucoup plus de paires de bras que le chiffre annoncé laisse prévoir, et il entend beaucoup plus de rires qu'il ne compte de rangées de dents ! Pourtant ils sont douze à peine – du vif-argent !

La spécialité de Marc dans les écoles américaines où il fait du bon travail est de secouer l'inertie des jeunes et surtout celle de leurs derrières habitués à peser, morts et lourds, sur des sofas. Il voit bien que la situation ici est différente, mais son potentiel de ressources apprises ne la prévoit pas. Un court instant, comme une brise, l'effleure l'idée d'apprendre d'abord de ces jeunes à jouer aux osselets, aux toupies, à ces jeux qu'il observait tantôt sur la place du village. Mais tandis qu'une instance en lui, lucide et perspicace, hésite et soupçonne l'absurdité de son entreprise, comme bien souvent, c'est la part « experte » de sa personne qui s'enfle et triomphe. Il réunit donc la petite troupe autour de lui, explique les règles de la course, montre les jalons de la piste, son chronomètre incorruptible et son sifflet.

Même le podium est dressé pour le vainqueur : deux caisses superposées, flanquées de deux plus petites où prendront place par ordre d'arrivée le second et le troisième.

Les prix sont disposés sur une feuille de bananier : trois sacs de pop-corn – un très gros et deux moyens.

Voilà. Tout est en place. Les enfants sont, après maintes contorsions acrobatiques, alignés en position de départ.

L'ordre règne.

Et à l'instant où retentit le coup de sifflet, les enfants bondissent en avant comme propulsés par des ressorts et détalent. Mais dans l'élan même du départ, leurs bras se sont grand ouverts et ils se sont saisi les mains !

Ils courent ensemble.

Dans un vent de poussière d'or.

Ils courent ensemble.

Cette histoire vraie contient en germe d'autres histoires vraies et toutes celles qui ne le sont pas encore mais qui attendent d'éclore.

Les dieux de cendre et de sang, de mort et de fers croisés, les dieux de la compétition, de la rivalité, de la domination et de la guerre, qui peut nous obliger de les honorer ?

Partout où des mains se joignent et se rejoignent continue la plus vieille histoire de la nature et de l'humanité, la saga de la solidarité. De nouvelles mailles se nouent au filet qui nous retient de tomber dans l'abîme de l'inhumanité.

La mémoire vive

« Il n'y a de mémoire qu'en direction du monde qui vient », dit Rabbi Nahman. Une part de nous se souvient déjà de demain et de toujours. Mais devant cette porte-là, une autre part de nous, toutes lances dressées, monte la garde. Une part qu'on pourrait dire fidèle aussi, mais férocement fidèle à l'acharnement de ne pas savoir, de ne se souvenir de rien.

Longtemps ces deux fidélités se tiennent dressées l'une devant l'autre. L'une est de lumière, l'autre de ténèbres.

La première s'est tissée dans le ventre des femmes, elle est infinie, elle est d'un fil que rien ne rompt et malgré toutes les apparences de déchirement et de rupture, elle relie toute vie au verbe fondateur, à la semence première, au principe divin.

Quand l'ange de l'oubli fond sur l'enfant qui naît et le frappe à la bouche, comme il est narré dans le Talmud, l'exil est commencé. Tout le savoir inscrit dans les cellules du nouveau-né est désormais sous scellés, inaccessible, comme interdit.

Commence alors le long calvaire de l'ignorance : une vie d'homme.

Tout ce qui te rencontre dès lors, tu le prendras
pour la réalité absolue. Tous les grimages, tous
les masques, toutes les mascarades de la société
et ses valeurs, les règles de jeu, les brouillages,
les compromissions, tout est dès lors monnaie
comptante. Le premier homme et la première
femme rencontrés – père, mère – sont tes dieux
et marquent ta cire encore molle d'empreintes
indélébiles. Leurs blessures deviennent les tien-
nes. Cent fois la biographie te happe, cent fois tu
en réchappes, cent fois elle te reprend pour te
moudre et te broyer. Tu dis « ma femme, mon
mari, mes enfants, mon chien, ma maison ». Tu
dis « mon boulot, ma brosse à dents ». Tu dis
« mon foutu caractère, ma veine ou ma déveine,
ma carte d'identité, mes habitudes ». Tu le dis
mais tu sens bien derrière ces phonèmes
l'haleine du vide. Tu sens bien que de tout cela
tu n'as rien, que tu tâtonnes dans l'inconnu, les
mains tendues, moites, anxieuses. Tu te cognes
à des coins de meuble dans des chambres inconnues. Déjà tu ne reconnais plus rien de ce qui un
instant plus tôt te paraissait familier, et c'est la
peur au ventre, lancinante, qui te reste, bien
familière, bien à toi... elle, oui, t'appartient. Elle
est tapie dans le gargouillis des entrailles. La
même qu'autrefois lorsque tu jouais à colin-
maillard avec les enfants des voisins. Chaque
fois que tu croyais tenir un pan de vêtement, on
te le lâchait, vide, entre les mains ; les rires
t'égaraient, les frôlements t'appâtaient, les

mains que tu croyais saisir te repoussaient, le tourbillon de l'épouvante grandissait, te vrillait dans un espace de plus en plus trompeur, étroit. Et quand même on finissait par t'ôter le bandeau pour que tu cesses au moins de pleurer, le monde que tu retrouvais était changé. Désormais tu n'avais plus confiance en lui, il t'avait révélé sa face croassante et grimaçante, sa gargouille. Tu n'oublieras plus. La mauvaise mémoire prend grand soin des choses terribles et méchantes. Elle ne les rend plus, elle les conserve au vinaigre de la rancœur.

La biographie te tient longtemps lieu de *vie* – tu les confonds toutes deux – et l'enfer de cette méprise barre le passage vers l'autre mémoire. Chaque souffrance neuve serre un tour de vis supplémentaire. L'invisible geôlier ricane.

Pourtant ton cœur est généreux. L'espoir te soulève, le désespoir l'écrase – mais la vie te jette d'une falaise à l'autre, de l'espoir au désespoir – et fracasse ton corps entre leurs rochers. Tantôt c'est l'espoir qui te saisit, l'espoir qu'il y a encore quelque chose à sauver et que tu vas y réussir. Il y a en toi une force salvatrice qui t'enlumine mais te rend tout aussitôt impatient, dur, à force d'espoir ! Cette part du monde qui s'oppose à la lumière, tu la pulvériseras. La nouvelle croisade est commencée ! Il existe un espoir qui t'envenime. Voilà ! Sauras-tu un instant supporter cette révélation, y rester assis, les mains sur les genoux, comme les vieux transformés en pierre sur les bancs publics ? Sauras-tu supporter la conscience que l'espoir d'un monde meilleur pulvérise ses ennemis, anéantit le monde tel qu'il est, le veut rompu, annihilé ? Espoir féroce des croisades anciennes et neuves !

Mais tout aussitôt, c'est le ressac du désespoir qui te reprend. Tu lis dans un quotidien : Montée du fascisme en Europe. Ton cœur lâche. Ténèbres, le monde s'éteint autour de toi. Un voile descend sur toute chose créée – un voile opaque. Le démon s'éveille, s'étire, ronronne dans ce monde de haine, de voracité, de rapacité, descendu si bas qu'aucun soubresaut ne le fera remonter. Cet enfant par exemple, cet enfant que tu observais hier à la terrasse d'un café, l'œil si clair, extasié devant une cascade de bougainvillées, voilà que son père vient l'arracher à sa contemplation et le cale sous son bras comme un sac de farine volé, l'emporte en grommelant des blâmes « tu ne vois pas que... les gens, les voitures... il ne faut pas ». C'est l'humanité que l'ogre emporte sous le bras dans un grognement de menaces. Tu n'es pas né pour regarder les fleurs mais pour végéter avec nous dans la vase. Il faut que tu le saches. Tu ne vivras pas ! Tu es des nôtres. D'abord viens manger ton escalope ! Mère et père se relaient alors pour pousser entre les lèvres de l'enfant des morceaux de viande qu'il recrache tout d'abord avant de commencer de les mâcher lentement, les yeux perdus dans le vide, vaincu. Voilà de quoi je suis témoin – le désespoir m'englue.

Mais qu'est-ce que j'attends donc sur cette terre ? Un résultat immédiat à mes élans généreux ? Un revirement instantané ? Le salut devrait donc être un laquais qui se présente aussitôt que j'agite la clochette ? Ah, que serait un monde qui répondrait illico au claquement de doigts du petit maître que je suis ? Ah, cesse, cesse d'être ce pantin ballotté entre espoir et désespoir ! Fais halte !

L'inutile tornade de l'urgence n'a pas de fruit. Seule la patience donne du fruit, seule la durée. Un cheveu sépare la chute de la grâce.

Quand sont bues la colère et l'indignation devant les dérives du monde, quand est bue aussi la complaisance à s'accommoder du trou qu'on s'est creusé en terre d'exil, alors quelque chose peut commencer. Le scénario sordide qui nous jette hors de nous, hors de toute mémoire, qui désagrège l'unité sacrée se trouve alors suspendu.

Être plein d'espoir au cœur d'un désespoir total, appréhender l'unité parfaite de l'espoir et du désespoir ! Même la séparation que tu vis est inévitable, elle n'est pas pour autant l'unique réalité. Quand tu espères, tu es la part du monde qui espère, et quand tu désespères, tu es la part du monde qui désespère ! C'est tout.

Aujourd'hui, en regardant, assise devant ma maison, le vent dans le grand tilleul, j'ai compris que tout est déjà parfait, mieux : que *rien n'est pas encore tout à fait parfait*, que l'imperfection est le produit de mon esprit, l'écharde d'une attente, d'une espérance vaine dans la chair glorieuse de la Création.

Cela, je le savais à quatre ans devant les platanes de la maternelle. Mais pour retrouver la même qualité de ce qu'on avait perçu dès le début, il faut avoir fait le grand, le fou, le féroce détour par l'existence.

La mémoire lumineuse a des racines aériennes dans le passé, elle est vivante, imprévue. Elle ne tire pas en arrière, elle pousse en avant. Elle peut suinter partout où on ne l'attend pas – comme le miel suinte du rocher dans le Deutéronome (32).

Un jour, une saveur sur la langue, un lointain murmure, un trébuchement, un frôlement... Ce qui est certain, c'est que cela passe par le corps, par les sens, jamais par le savoir ou la volonté. Cela vient du fond des coulisses de la vie, de quelque coin empoussiéré, jamais visité, trop négligeable pour être exploré.

La madeleine trempée dans le thé, les pavés inégaux de l'hôtel de Guermantes, la façon qu'a une inconnue d'écarter une guêpe de son front, le crissement des pas du garde-chiourme dans la cour de ta dernière prison, Rosa Luxemburg ! Et en un instant, tu sais que tu n'as rien à craindre et que là où ils viendront te chercher pour t'exécuter, tu n'es pas. En un instant, tu te retrouves sorti de prison, vieil ami Eduardo réchappé des geôles du Chili, non pas parce que quelqu'un dont tu n'as jamais su qui il était est venu t'ouvrir la porte comme tu le racontes, mais parce que, au long de ces interminables jours et nuits, tu as su soudain que celui qu'ils tenaient enfermé n'était pas toi.

La vraie vie entre en catimini comme un voleur. Ni vu, ni connu – elle commence par un frisson soyeux dans les branchages du jardin, un renard qui se faufile – aussi silencieux qu'un « ange timide ». (« Pourquoi ne voit-on jamais Dieu ? » me demande un petit garçon du village. Ma perplexité lui permet d'enchaîner sur la meilleure des réponses : une autre question : « est-il aussi timide que les renards ? »)

Insaisissables. Voilà comment se réveillent la mémoire et la vie.

Imprévisibles !

Tu tires un fil et tu ne sais jamais ce que tu vas ramener à l'autre bout.

Tu mords dans une madeleine et tout Combray vient avec.

Tu souris à un enfant et c'est le ciel qui s'ouvre.

Tu cherches un timbre, une photo jaunie tombe entre tes mains, te voilà enseveli sous une avalanche de passé.

Tu tires un bout de ficelle et tu tiens un dieu par la patte.

Maria, dans un stage, se débat dans un cancer et une dépression. Nous cherchons ensemble un hameçon de mémoire lumineuse pour la faire remonter à la surface. Longtemps en vain. Soudain son visage s'éclaire. « Dans l'orphelinat où mes parents ont dû m'abandonner pendant la guerre, je n'ai que mon ours usé jusqu'à la corde, râpeux. Une vieille infirmière lui coud aux pattes des débris de feutrine et me dit : "Que le reste de l'ours soit rugueux n'est pas si grave, mais quand la nuit, auprès de toi, il marche sur tes rêves, il lui faut des pattes de velours". » En retrouvant cet épisode, Maria rayonne. J'ose aussitôt la dire guérie. Elle l'est aujourd'hui.

La mémoire lumineuse ne se rend pas aux grandes parades, elle ne se laisse pas convoquer comme à la caserne, ni préméditer comme un crime. Elle humecte les rochers, les murs lépreux comme les fresques, elle surgit où tu ne l'attends pas, dans le sublime comme dans le dérisoire, dans l'immense comme dans l'anodin, elle est au temple comme dans l'armoire à balais, sous une jupe de femme, sous les pattes d'un ours, sous la tiare d'un grand prêtre... Les passeurs d'eau, les passeurs de mémoire sont des passoires d'eau, des passoires de mémoire, ils ne retiennent rien pour eux-mêmes, rien. Si tu en as rencontré sur terre, tu vivras. Ne lâche pas le fil !

Quelques-uns passent entre mes cils en silence, comme tantôt au bord de l'étang, dans la brûlure de l'été, les sarcelles qui nageaient en écartant les roseaux...

Il y a cette vieille à Prague qui de 1948 à 1968, jour après jour, a allumé un cierge sur son balcon devant une icône de la Vierge. Onze fois, nous dit le guide, elle fut sous le régime communiste mise en prison et relâchée. Mais que faire en prison d'une vieille qui mâchonne des prières ? Rien n'eut raison de sa tranquille obstination. Aujourd'hui on montre aux touristes le balcon de cette douce têtue, dissidente anonyme. Le lumignon brûle encore, électrifié. Incognito, l'esprit est allé souffler ailleurs.

Il y a ce menuisier d'un village voisin qui a déposé dans son grenier à foin la télévision que lui avaient offerte ses neveux et qui continue le soir interminablement de poser ses patiences. Ses patiences ! Ses coins d'azur !

Il y a Aleksander Kulisiewicz qui fonda à Cracovie une archive de la production artistique illégale dans les camps de concentration. Il parcourut l'Europe en chantant les chants des hommes et des femmes assassinés. « C'est mon devoir de chanter leurs œuvres. J'accomplis la promesse que je leur ai faite. Ils m'apportaient leurs poèmes et me disaient : "Auras-tu encore dans ta tête une petite place pour ma chanson ?" Et on les emmenait mourir. » Mémoire vivante : Aleks, as-tu encore une petite place ?

Il y a Simon Wiesenthal qui gardait en tête le nom des gardiens bourreaux. « Pourquoi fais-tu cela, toi aussi ils te tueront », lui disaient ses codétenus. « Si je vis, je saurai leur nom, non pour la vengeance, mais pour la justice. » Quand les Américains libèrent le camp, le fantôme vivant qu'il était devenu demande crayon et papier et aligne plus de cent cinquante noms.

Mémoire non de vengeance mais de justice.

Il y a cette voisine avec son fichu fleuri sur la tête par tous les temps et qui collecte dans toute l'Europe centrale les graines des plantes, des légumes, des fleurs dont les engrais et la monoculture causent la destruction.

Il y a cette maman qui onctueusement fait fondre un coin de chocolat dans du lait du bout de sa spatule de bois plutôt que d'acheter des instantanés en granules.

Il y a ceux qui gardent les vocables en jachère dont tous se rient et qui les mâchent inlassablement pour en garder sur terre le goût : vertu, miséricorde, magnanimité, mansuétude, pardon des offenses, oisiveté, abnégation, vaillance...

Il y a ceux qui citent les poètes, ceux qui ravivent les secrets des bâtisseurs d'églises, ceux qui ont la louange sur les lèvres.

Leur caravane silencieuse raie le désert du monde, recule l'horizon de l'oubli, éclaire au ciel des galaxies neuves.

Mais hélas partout où le passé pèse encore son poids de trahison, de violence, de silence, de remords et de mensonge, la mémoire lumineuse ne filtre pas. Nous nous trompons alors de mémoire. Nous croyons faire œuvre de loyauté quand au lieu de les cautériser, nous entretenons les plaies. Être appelé à laisser derrière soi la souffrance semble d'abord une trahison. Et qui alors archivera les détresses, qui les commémorera, qui rendra justice à ceux que la vie et l'Histoire ont suppliciés ? Et quelle plus puissante métaphore pour illustrer cela que l'histoire de Tobit ? Tobit qui du fond de l'humilité déchirante d'un fol orgueil veut à lui seul *tout* réparer, rendre à *tous* les morts une sépulture en terre d'exil, perpétuer seul *tous* les rites. La cécité va le contraindre à tourner son regard de l'exil du dehors vers l'exil du dedans. L'autre « injustice » lui apparaîtra en fin d'épreuve : celle qu'il s'est fait subir à lui-même en ouvrant son cœur au deuil, à l'héroïsme réparateur mais pas assez à la célébration. Celle qu'il a fait subir à son épouse Anna et à son fils Tobit, en ne partageant pas la table des fêtes dressée, en n'acceptant pas les cadeaux que la vie lui tendait. En dirigeant alors son exemplaire fidélité, de la souffrance qu'il faut réparer vers la gloire du Créateur qu'il faut célébrer, il met au monde l'élixir même de toute réparation : un cœur pacifié. Maintenant seulement, il peut chanter : « Si vous revenez à Lui du fond du cœur et dans votre vérité nue, alors Il ne vous cachera plus sa face. »

En perdant la vue fixe qui le rendait aveugle, en retrouvant des yeux qui s'émerveillent, il redevient entier, témoin à la fois du monde manifesté et de sa face cachée.

En restant ainsi voué à la fidélité, au malheur, irréconciliablement enchaîné à la mémoire tragique, nous n'emplissons pas notre contrat. Nous oublions l'alliance, la promesse faite de traverser *coûte que coûte*.

Un épisode de ma vie s'enhardit, s'avance jusqu'au point où ma plume s'en saisit. Le vent des mots va-t-il le faire vaciller et l'éteindre, ou au contraire rebrousser le velours de la braise et l'exalter en flammes ? Toujours le risque est là quand l'expérience évoquée n'est qu'un inoubliable frôlement.

Je suis chez mon vieil ami H. peu avant sa mort dans la cellule d'un couvent proche où il est venu finir ses jours. Quand je pense à lui c'est dans une ruche bourdonnante et dégoulinante de lumière que je m'aventure. Le miel de toute une vie y coule de toutes ses alvéoles. Chacune de nos rencontres est un cataclysme, un effroyable ravissement dont je sors saoule. Ce jour-là, à ma prière, il me lit le premier chapitre de *Berlin, Alexanderplatz* de Döblin, et ressuscite la pathétique et sublime figure du vieux Zanovitch « *Gibt vieles auf der Erde... kann man viel erzählen* » « Il y a beaucoup de choses sur cette terre... il y a beaucoup à raconter. »

J'écoute son admirable voix de stentor pendant que mes yeux se perdent dans la photo accrochée au mur en face de mon fauteuil. C'est l'agrandissement d'une photo jaunie. Deux sublimes vieillards penchés côte à côte sur le livre des livres, leurs longs cheveux blancs mêlés, et soudain je les vois, de toutes les cellules de mon corps je les vois, et pendant que H. continue sa lecture, parallèlement à l'attention que je porte à chacun de ses mots, se déroule la plus véhémente des révélations.

Tout ce que je vais narrer dans la verticalité du temps, dans le cheminement de sa durée, m'assaille dans l'explosion d'un seul instant. D'abord l'histoire elle-même qui rend H. dépositaire de cette photographie et qu'il me révéla quelques mois plus tôt. Son père, médecin protestant en Poméranie, se trouve en 1940 dans une gare de province. Un train s'arrête, où sont entassés des hommes et des femmes derrière les ferrures de wagons à bestiaux. Saisi, les jambes plombées aux dalles du quai, il s'entend soudain interpellé. Entre deux barreaux un homme a passé le bras et la tête et lui tend un rouleau : « La photo de mes maîtres, prenez et sauvez-la. » Sifflets, tumultes, aboiements des kapos et des chiens, grincements de roues. Un violent remous le colle au mur ; le train de l'enfer s'éloigne ; le rouleau est toujours entre ses mains, il le cache sous le bras, l'emporte.

En entendant pour la première fois ce récit, je le reçois dans le cœur comme un poignard, d'un lieu de conscience fragile, le désespoir me submerge – « Ils les ont tous assassinés », tous les grands maîtres du hassidisme, ceux qui entraient en louant et chantant dans les chambres à gaz et dont les gardes-chiourmes, la trique à la main, disaient en hochant la tête : « Ceux-là ne sont pas des hommes. » Ils ont assassiné la grâce illuminante des fous de Dieu, les derniers grands messies de la folle Sagesse, de tous les coins de Pologne, de Silésie, de Transylvanie, ils les ont traînés là pour les tuer. Afin que soit détruite la passerelle entre le monde visible et le monde invisible où allaient et venaient les anges.

Cet état de désespoir, de colère strangulante puis de prostration, je le connais trop bien ! Il parachève l'œuvre de mort, l'entérine, y appose un paraphe. La nuit du cœur, faite de silence durci, de sang aux yeux, fait que les morts sont remis dans le supplice de la mort par les vivants. Je la connais – je m'y suis attardée si souvent dans d'interminables et crucifiantes cérémonies de commémoration – ah, je ne la connais que trop ! Les yeux m'en brûlent, la langue m'en colle au palais. Mais ce qui se passe soudain ce jour-là n'a pas de nom.

Tandis que mon ami continue de lire, la photo s'anime, s'illumine d'un nacre lactescent, celui de la lune captive qu'un coquillage remonté du fond des abysses recèle dans sa perle.

Et voilà que la mémoire me revient. La vraie mémoire. Celle qui ne me tire plus en arrière mais me met debout sur l'instant. Elle monte de très loin comme un appel à moi adressé, et m'enracine dans l'au-delà du désespoir, dans la certitude des certitudes. Inaltérable est la noblesse d'âme. Inaltérable est ce qui vibre à la plus haute fréquence de l'amour ! Cet espace existe. Je ne l'invente pas pour consoler ni pour me consoler. Je ne tente pas de fabriquer de l'espérance, de produire du brouillard pour que le prestidigitateur de la survie puisse y opérer un tour de passe-passe. Oh non ! L'espace dans lequel je suis entrée est plus réel que le réel. Il fait monter dans mon corps le frisson déchirant de la certitude. Je le reconnais entre tous. Il m'ouvre à la fulgurance de la vérité, loin de toute réalité convenue, apprise, apprivoisée, et dans cet espace-là, c'est le mort qui console le vivant, le supplicié qui console le témoin, la victime qui console le survivant. Dans cet espace, tout est rentré depuis longtemps dans l'ordre ardent de l'amour.

Bien au-delà de toute espérance, les cœurs continuent d'y battre et d'y perpétuer le code secret de la résurrection. Ne cherche plus au tombeau ceux qui vivent. Ne t'attarde pas au constat de la haine et de la destruction. Ose voir qu'aux forêts de la mémoire, l'incendie de l'amour fait rage.

J'entends déjà les fonctionnaires de la mémoire officielle et ses gardiens refuser de se voir arracher leur patrimoine, crier au sacrilège : une habile manière que voilà d'éradiquer la sanglante réalité, de délester les bourreaux, d'innocenter les monstres !

A ce niveau-là de la révélation, je n'ai plus rien à ajouter et je demande même la grâce de n'être pas entendue de ceux qui ne peuvent entendre. N'ayant plus l'ambition d'avoir raison, je soulage mes détracteurs de la peine qu'ils prendraient à me donner tort. Le lieu où je suis parvenue un instant est celui de la lumineuse absence. De tout ce qu'a été l'homme sur terre ne survit que la plus haute noblesse. De tout le reste – haine, intentions bonnes et mauvaises, commentaires savants ou justiciers – ne reste *rien*. Quand tout est brûlé, ne demeure au fond du tamis qu'un diamant incombustible.

Si mon regard sur la photo de ces deux maîtres incandescents à force d'être consumés me met dans une telle grâce, c'est que je touche à l'absolu scandale : de la méchanceté féroce, de l'acharnement, de la cruauté destructrice, de la guerre, de la haine, du matérialisme arrogant, ne reste rien. Seul survit, au cœur de tous les charniers, la radicale folie de l'amour.

Si seulement je savais exprimer à quel point il m'importe peu de persuader qui que ce soit de quoi que ce soit ! Dans l'ordre de cette transmission-là, la « bactérie » saute ou ne saute pas, la contagion agit ou n'agit pas. Il n'y a là rien qui soit manipulable. C'est ou ce n'est pas. Ce n'est ni souhaitable ni pas souhaitable. Comme l'inéluctable montée de l'aube.

Utopie

Utopie : « Nom du pays qui n'existe pas. »
Ou-topos, le lieu qui n'est pas.
Le haut lieu qui n'existe pas encore.
La vision dérape aussitôt. (Voir le Robert, le Littré, le Larousse, dans le second sens : « Vaines utopies », « résultats le plus souvent opposés à ce que l'on espérait. »)

Difficulté pour nous en Europe de penser l'impensé, d'oser d'autres représentations que celles qui sont acquises. Problème d'ordre socioculturel. Chaque culture a développé des organes sensitifs, des réseaux de perception et en a négligé complètement d'autres. Il nous manque un organe, celui qui appréhende, honore, attire dans le circuit de matérialisation les visions, les rêves. Nous butons contre une réalité aussi insoulevable qu'une armoire normande. Nos antennes pour percevoir les espaces du réel en attente sont atrophiées. La dichotomie esprit/matière crucifie notre Occident, ne nous permet pas de percevoir que la matière aussi est de l'esprit mais de l'esprit arrêté, de l'esprit coagulé, fossilisé si j'ose dire. Ce que nous appelons la science est une discipline remarquablement spécialisée pour analyser la composition de cette part fossilisée du réel, celle qui ne bouge plus, celle dont on est sûr et dont on peut se saisir et manipuler à souhait. Mais il nous faudrait un tout autre organe pour percevoir ces espaces en attente qui constituent le Réel, les champs de conscience, qui attendent de nous d'être ensemencés et qui *basculent dans la réalité* quand un quotient d'intensité est atteint. Aussi bien dans l'ordre du collectif (changements de société, élans réformateurs, révolutions, guerres nées de millions d'attentes, d'espérances ou alors de peurs, de haines, etc.) que dans l'ordre individuel où mes espérances, mes prières ou mes craintes, mes ressentiments, mes pensées négatives créent un éther et une réalité dont je suis le cofondateur, le cocréateur, le metteur en scène et l'acteur à la fois, et tout cela dans un jeu prodigieusement complexe d'influences, de mouvances, de lois inextricables pour la ratio qui, elle, ne sait agir que sur la part encroûtée du Réel que j'appelle ici Réalité.

Notre vision de la réalité date encore du dix-neuvième siècle. Nous prenons pour la réalité ce qui n'est que sa part coagulée ; tout ce à quoi nous nous heurtons nous paraît réalité ; or c'est là la part inintéressante de la réalité, celle qui est déjà durcie : de la lave refroidie ; le feu n'y est plus. L'éruption du Réel est dans le feu de nos visions et de nos espérances.

Ce qui nous sépare du pouvoir rédempteur qui nous habite, ce sont les représentations idéologiques de notre société que nous avons sucées avec le lait de notre mère.

Nous sommes enfermés dans une prison et une voix nous dit : « Sors. » Nous répondons : « Impossible, la porte est verrouillée », et la voix nous dit : « Oui, mais elle est verrouillée de l'intérieur, regarde et ouvre ! » Ce sont nos représentations qui nous enferment. Nous vivons plus dans l'échafaudage de nos représentations que dans la réalité objective. Le Réel, lui, n'a ni porte ni fenêtre, il est l'infini de l'infini de l'infini des *possibles*.

En aucun cas, il ne faut confondre ce qui se passe à l'intérieur de nous avec des « rêveries subjectives », de l'« imaginaire » terni d'une connotation d'irréalité ou de « non-réalité ». L'impossibilité, dans les formes de raisonnement qui sont les nôtres en Europe, de nous représenter un réel concret mais non encore réalisé, dans l'ordre du visible, est due à une priorité forcenée accordée à tout ce qui est vérifiable par les sens et surtout la vue ! De ce fait, la seule alternative à la réalité déjà durcie est l'univers de l'abstraction. Or ce que la mystique islamique avec Sorawardi appelle *mundus imaginalis*, est une dimension supplémentaire, un univers concret pensé. Un univers en contre-champ qui se voit à la lumière des anges. (Ce qui suppose bien sûr que la personne ou la société en question soit capable d'activer et de vivre la dimension transcendantale inhérente à la nature d'homme, une sur-nature et non une sous-nature) – Novalis, mort à trente ans et dont le regard portait loin, disait que le malheur de l'Europe était de ne pas prendre en considération la partie nocturne du réel. De ne considérer du Réel que la partie visible.

Ce que nous devons tenter, c'est d'activer en nous ce potentiel en jachère, d'ouvrir les yeux que nous avons sous nos yeux de chair, d'entrer ainsi dans notre véritable humanité de cocréateur. Non pas agrandir le savoir mais agrandir la foi dans la force de l'esprit, réveiller cette certitude en nous, cette évidence qui nous guide.

Nous pouvons, par le seul élan qui nous fait nous réunir, créer un champ de conscience, ou mieux fortifier le champ de conscience de tous ceux sur terre qui ne s'accommodent pas d'une existence de zombies.

Le plus difficile pour nous Occidentaux c'est de penser ce pour quoi nos sociétés n'ont pas de concepts, pas de réceptacles, pas de structures préfabriquées. Le plus difficile c'est la haute voltige de l'imaginable. Les plus grands tabous ne sont pas seulement ancrés dans les corps, ils paralysent l'esprit imaginant, ils interdisent l'accès au non-pensé socioculturel. Que de fois, lorsque nous évoquons de nouvelles constellations relationnelles et/ou d'ordre économique ou social, la première réaction est de rejet : « Tu rêves, c'est impossible, ça n'ira pas, tu vois bien comment ça se passe... »

Notre modèle unidimensionnel, fondé sur la méfiance, la jalousie, la rivalité, la concurrence, la revendication a marqué notre cerveau en quelques décennies, par un lavage de cerveau incomparable et par la mise en place de toutes les ressources subtilement terrorisantes des fondamentalismes. Nous sommes narcotisés d'une subtile dose de venin. C'est de cette narcose de la paranoïa collective qu'il s'agit d'émerger.

Il a existé et il existe sur cette terre des constellations d'existence, des arts d'aimer et de vivre ensemble délicieux et élaborés. Il a existé des combinatoires délectables de relations, de perceptions, des grammaires amoureuses, des syntaxes subtiles, des morphologies exemplaires, des modèles de tendresse et d'écoute (confréries, béguinages, tribus, familles, guildes et corporations, sans parler de certaines communautés telles que les oasis de Pierre Rabbhi) dont nous devrions rêver ! Il a existé des cultures (tibétaine, sumérienne – Marguerite Kardos[1] nous le rappelait –) qui visaient au plus haut développement spirituel de leurs membres, et qui connurent des milliers d'années d'expérimentation. Il y a peu, un ami me parlait de ces orchestres de Gameran, sublime enfilade de trente à cinquante gongs, où dans les villages d'Indonésie les musiciens entrent dans une communication rythmée dont nous ne pouvons pas même imaginer, sémiologiquement parlant, la complexité des niveaux d'information.

Pour les lois de la thermodynamique et de l'entropie, tout ce qui est créé est entraîné tôt ou tard de l'ordre au désordre. Tout finit bien

---

1. Sumérologue, élève d'Henry Corbin.

sûr par s'affaiblir et se débiliter, tout ce qui était juste devient faux avec le temps, tout ce qui était beau et lisse se craquelle... Mais au lieu de nous en affliger, nous devrions voir là la sagesse primordiale de la création qui ne nous livre pas une fois pour toutes un réel achevé, parfait et durable, mais nous invite en permanence, dans le respect des lois ontologiques et des structures d'un ordre de l'amour, à réactualiser, à remettre à neuf ce qui s'étiole, à réinventer des contenants et des contenus, à faire que soit neuf ce qui était hier usé, que soit étincelant ce qui était hier terni. Nous sommes en permanence nécessaires à *la création quotidienne du monde*. Nous ne sommes jamais les gardiens d'un *accompli* mais toujours les cocréateurs d'un *devenir*.

Pour ma part j'ai traversé trois grandes étapes. Tout d'abord, jeune femme, la *vita activa*, j'étais toute-puissante et je me passais de toute transcendance. Puis après les ouragans divers et séismes de toutes sortes, j'ai compris (comme le poisson de la légende hindoue qui ne croyait pas que la mer existât... parce qu'il y était) que tout était Dieu. La *vita contemplativa* m'offrit les clefs de cette révélation. La transcendance était soudain partout, était tout et chacun. Et puis maintenant, troisième étape, voilà que ces deux univers, *vita activa* et *vita contemplativa*, interfèrent dans un étrange jeu ondulatoire. J'appelle vie aujourd'hui cet étrange jeu d'équilibriste, cet acte qui consiste à tenir, comme deux coupes à l'extrémité d'une gaule, les contraires en équilibre, tout en restant debout sur le fil, mieux, en y dansant.

« Vaines utopies », nous dit le Robert, c'est là l'acception la plus commune du mot utopie ! Et la grande question va être désormais : quelle relation entretenir avec les *illusions* et avec ce que nous appelons l'échec.

Si nous sombrons dans l'infantilisme commun et unidimensionnel qui consiste à attendre que les intentions ou les actions que je pose sur terre soient couronnées de succès, je ne tarderai pas à rejoindre, désenchantée, dégrisée, désillusionnée, l'association des anciens combattants de l'illusion. Il est important de nous attarder à ce croisement de chemins. Notre existence durant, nous cultivons l'espoir de rencontrer à *l'extérieur de nous* cette perfection dont nous rêvons. Une idéologie ! Une école ! Un maître ! Mais il arrive que ces modèles déçoivent. Tel ou tel détail dégrise. Telle « révélation » sur une personne admirée fait mal. Pourtant l'espoir indéracinable persévère : la perfection dont je rêve se trouve déjà réalisée quelque part, immuable... *en dehors de moi !*

Sans cesse avec au cœur cette attente lancinante, je titube d'une déception à l'autre. Jusqu'à ce qu'un cri me soit arraché : « Ce monde de lumière dont j'ai rêvé n'est-il donc nulle part ? Partout j'ai cherché ces compagnons de route, ces êtres de lumière, je n'ai trouvé plus ou moins que des névrosés semblables à moi... Où est cet être debout ? Où sont-ils ? A quels signes les reconnaîtrai-je ? » Si je décris dans mon cœur l'un après l'autre ces signes infaillibles, voilà que je commence d'esquisser une réalité, de consteller un champ. Et soudain la voix à mon oreille : « Et qu'attends-tu pour le devenir Celui que tu attends ? » Silence des galaxies... Et voilà que tout devient en moi silence. La folie du défi me rend muet. « Les gens me disent d'être sage mais Toi, Tu me dis d'être fou ! » (prière de Charles de Foucauld). L'impossibilité de la tâche est évidente... Là se produit cette rupture, ce glissement vers un autre stade, vers l'impossible, l'impensable, l'insensé !

Je dois me mettre en marche, tout tenter, créer le lieu qui n'existe pas. Où que je sois en cet instant, le lieu où je suis devient *makom*[1] et non pas « non-lieu ». Partout où l'homme rencontre l'impensable, l'inconcevable, l'inimaginable, la foudre frappe, quelque chose commence. C'est le début d'une histoire d'amour, c'est-à-dire d'une histoire de fou.

Je dois me mettre en marche, sachant que comme tous ceux qui m'ont précédée, je n'arriverai nulle part, que comme tous ceux qui sont partis avant moi, j'échouerai, que je vais vers ma défaite certaine et que pourtant – silence des galaxies – tout cela n'est pas le moins du monde triste. Personne n'exige de moi que je réussisse, mais seulement que je franchisse un pas en direction de la lumière. L'important n'est pas que je porte le flambeau jusqu'au bout, mais que je ne le laisse pas s'éteindre.

---

1. Terme hébraïque : lieu de rencontre entre l'homme et Dieu.

Le massacre des innocents

« Combien de vérité peut supporter la fragile âme humaine ? » se demandait Jean Rostand. C'est la question, certes, d'un cœur compatissant. Et pourtant (comme on le dit d'un malade atteint d'un mal incurable : « Il a le droit de savoir sur lui-même la vérité »), il m'apparaît que toute transformation ne se fera qu'au prix de cette vérité.

Quelle vérité ? Une vérité qui n'est aussi terrible que parce qu'elle ne laisse rien à sa place lorsqu'elle nous atteint, et que nous aimons tous, fragiles que nous sommes, garder les choses à leur place. Alors, cette vérité ? Eh bien la voici : le monde du dehors ne reflète que l'état du monde intérieur.

Devant toute souffrance, toute violence, toute dégradation monte la question harcelante : qu'y a-t-il en moi qui souffre, qui mord, qui frappe, qui tue, qui dégrade ? Quelle part en moi acquiesce à l'humiliation, à la mort d'autres humains ?

Et dès que la question est là – dans sa terrifiante clarté –, alors quelque chose d'infiniment mystérieux se met en place dont je ne saurais

dire, après l'avoir observé tant de fois, que
ceci : cette force agit dans un espace où ni le
regard ni la volonté ni l'intention ne pénètrent.
Seule la certitude se met en place, ardente, irré-
cusable : de chacun de nous dépend en toute
dernière instance l'état du monde.

Il ne s'agit de rien d'autre que de « réparer
le monde en nous » (François Cervantès). Non
pas de nous réparer nous-mêmes pour notre
bien-être ou même notre salut (tâche d'ailleurs
impossible vu l'irréparable, l'irrémédiable,
l'absolue porosité de notre être), mais de
« réparer le monde en nous ». Quelle aventure !
Plus folle que la traversée des terres de feu ou
des glaciers éternels ! Plus pétrie de merveilles
et de miracles que toutes les légendes du
monde ! Entreprise qui n'est d'ailleurs possible
que sans attente de gain, sans espérance autre
que de nous rapprocher de notre nature véritable – de faire un pas « avec moi » pour mes
sœurs et avec elles, pour mes frères et avec
eux – dans la direction de la vie.

J'ai vu, en toutes ces années, des couples
« réparés » par le travail d'un seul (on pourrait
dire « gagnés » par le travail d'un seul comme
on dit d'un incendie qu'il « gagne » la forêt),
des familles, des longues dynasties de vivants
et de morts, « réparées », pansées, apaisées par
le travail d'un seul, des bureaux, des classes
d'écoles, des hôpitaux « réparés » par le travail
d'un seul... et j'ai aussi vu ce que ne voit que
l'œil du cœur, des effets invisibles qui de l'extérieur semblaient des échecs et n'en étaient pas.

La réalité, avec ses causes et ses effets, n'est que la croûte du réel. Dans la réalité, j'ai un bleu lorsque je me heurte à un meuble. Dans le réel, j'ai un bleu parce que quelqu'un au bout du monde s'est heurté à un meuble ou à un cœur endurci. Dans la réalité, je suis cousue dans ma peau et mes représentations. Dans le réel, rien jamais ne me sépare de rien ni de personne.

Dans cette vision modifiée, dans ce passage de la réalité au réel, ma vie, ce lieu hanté par les représentations d'une époque, les jugements, les échecs, les blessures, devient peu à peu un lieu de transmutation, un lieu alchimique d'où part dans toutes les directions « l'information » (au sens de ce mot en homéopathie) d'une autre manière d'être au monde. Cette prise de conscience (oh, il ne s'agit pas d'être effleuré par cette « thèse intéressante », mais d'être atteint dans la chair de sa chair !) m'apparaît le vrai début d'un processus d'humanisation.

Aujourd'hui, je fais silence avec vous un instant devant l'étendue de ce gâchis, de cette détresse innommable dont nous sommes tous ici les témoins [1].

De quel plus grand continent cette catastro-

---

1. Ce texte a été dit au forum de l'AMADE (Association mondiale des amis de l'enfance), à l'UNESCO dans le cadre de conférences sur la lutte contre la pédophilie sur internet.

phe est-elle la péninsule ? De quelle maladie, l'atroce excroissance ? Car elle n'est pas un météore venu de quelque ciel noir mais bel et bien le produit de notre réalité collective. Sans cette première investigation, il serait vain d'aller plus loin.

Les priorités de notre société industrielle *avancée* (au sens hélas que prend ce terme dans l'expression « putréfaction avancée ») sont pathogènes. La comptabilisation de toute valeur, l'âpreté au gain, une compétitivité qui prend la forme d'une guerre larvée entre les hommes, les entreprises et les États déterminent la norme quotidienne. Les vieux réseaux de solidarité qui éclairent l'histoire de l'humanité, le couple, la famille, le clan, la communauté professionnelle, volent en éclats. L'individu libéré de tout lien, de toute relation familiale, amicale et sociale qui constitue une identité, erre, morcelé, harcelé par tant d'invites désordonnées, proie facile de toutes les iniquités et de toutes les insignifiances. Expulsé d'un tissu vivant de reliances, il zappe sa vie d'une excitation à l'autre et a recours à des succédanés de plus en plus torves. En rompant les liens durables qui l'humanisent, il glisse vers une cruelle anesthésie du cœur.

Hannah Arendt a montré avec éclat dans son étude sur le Troisième Reich combien les actions violentes et outrageantes impliquant SS et tortionnaires ne constituaient que la part visible du phénomène fasciste. Autrement dit, que la part essentielle et porteuse était, elle, constituée par le *vrai* fascisme quotidien et tranquille : celui qui s'était construit et consolidé par les mille lâchetés quotidiennes, les mille signaux de « banalité » raciste, les mille regards détournés, un immense et solide conglomérat de l'ignominie collective.

Comment ne pas voir que le fléau de la pédophilie est de même nature ? Et qu'il appelle la question la plus difficile à entendre : Quelle est ma part dans ce marasme ? Quelle est ma forme à moi de lâcheté ? Ma manière de tolérer la banalisation du mal et de la violence : la dégradation du corps humain comme machine à jouissance, l'exploitation mercantile de tout ce qui est sacré. La seule bonne réponse est de se mettre aujourd'hui encore au service de la vie, de prendre soin aujourd'hui encore de la petite enclave de vie qui m'est confiée.

Si j'ai laissé végéter mon enfant devant cette bouche à ordures (« fenêtre sur le monde », disait-on dans ma jeunesse) que sont les écrans de télévision ou de jeux vidéo, je me dois d'y apporter un contrepoison, un long dialogue, un dîner en tête à tête, un jeu, une musique écoutée ensemble, une histoire racontée, une promenade nocturne dans la forêt avec lanterne. Je vous fais sourire ! Contre l'artillerie lourde, je propose des bulles de savon ? En effet ! Et je n'en ai pas de honte. Un professeur d'un lycée renommé promène à Vienne sa classe à travers le Kunsthistorische Museum et laisse tomber comme un crottin devant chaque chef-d'œuvre le prix auquel il est estimé sur le marché d'art mondial : vingt millions, onze millions... Un vieil homme de mes amis, qui se plaît à se promener au milieu des chefs-d'œuvre, surprend la scène. « Monsieur, dit-il, vous êtes en train de crever les yeux de ces enfants », et regroupant autour de lui la petite troupe, il leur montre en chaussant ses bésicles comment Bruegel, voilà quatre cent cinquante ans, fit passer, de son pinceau, la caresse du vent dans la couronne d'un tilleul. Voilà, même si elle prête à sourire, une forme de subversion à laquelle je crois ferme.

Dans l'ancienne Perse, on disait que « l'enfant est la passerelle vivante entre les hommes et les dieux ». Dès lors tout s'éclaire. De cette passerelle, on ne veut plus. Pour maintenir l'*ordre* de cette société, il faut séparer les hommes des dieux, tenir des enfants prisonniers de ce versant du monde, soumis à ses lois brutales et triviales, livrés corps et âmes au mercantilisme. Ces enfants gênent. Ils sont la manifestation la plus lumineuse du caractère sacré de la vie. Leurs gestes, leurs bonds, leurs rires, leur grâce irradiante, la manière qu'ils ont « de s'offrir tout entiers dans leurs gestes », cette caresse que met dans l'air chacun de leur passage... tout cela proclame la merveille toujours recommencée de la vie. Leur existence est pour le monde romain, le monde des lois et des chiffres, le monde de la domination et de la soumission, en un mot, pour Hérode, la provocation absolue. Les autres légions, les autres armes, les autres conformismes, les autres totalitarismes et intégrismes ne font pas peur à l'« ordre romain ». A tout cela il sait se mesurer. Il sait rencontrer son pareil. Ce qui l'effraie, le met en émoi, c'est le « tout autre », c'est la radicalité de l'amour, dans ce qu'il a de plus fragile, de plus insaisissable : l'enfant ! L'Évangile de saint Matthieu nous dit l'émoi qui s'empare d'Hérode en apprenant la naissance de l'Enfant Roi. Que faire ? Et si les hommes allaient vouloir sortir soudain de l'esclavage, des jeux exquis et ignobles de la soumission et de la domination ? Que faire si les mercenaires de l'Empire allaient percevoir le murmure de l'autre réalité, la toute petite musique ? Que faire s'ils allaient se réveiller de leur amnésie et se souvenir de leur dignité ? Contre tout cela, l'ordre romain n'a pas d'arme, il n'a que la peur, c'est-à-dire la violence. « Quand vous l'aurez trouvé, dit Hérode aux Rois mages, avisez-moi afin que j'aille moi aussi lui rendre hommage. » (Matthieu, 2-9.)

Phrase terrifiante, Hérode, tout comme ses émules d'aujourd'hui, pense au fond de lui-même : « En guise d'hommage, si je mets la main sur lui, je le tuerai, je le détruirai, je l'effacerai du livre du monde afin que rien ne vienne troubler l'ordre de l'âge du fer, l'ordre du pouvoir et du fric. »

Les Rois mages ne firent pas confiance à Hérode. Ils le laissèrent ignorer dans quel palais, dans quelle masure, dans quelle étable, l'enfant était venu au monde. Aussi Hérode fit-il assassiner tous les enfants. Ne survécut que celui qu'il visait et, avec lui, jusqu'à aujourd'hui la radicale subversion de l'amour. C'est au nom de cette radicalité de l'amour que, pour lutter contre l'empire d'Hérode, nous ne pouvons devenir à notre tour féroces. Dans ce but que vous vous êtes fixé, la lutte contre l'infamie, l'impossible aussi est de rigueur. Parallèlement à l'aide aux victimes, j'appelle de tous mes vœux la création d'un réseau d'entraide pour les légionnaires d'Hérode qui veulent sortir de leurs enfers, un travail semblable à celui qu'engagea le moine bouddhiste Thich Nat'Han avec les GI américains qui détruisirent son pays et massacrèrent les siens. Si nous ne travaillons pas à guérir sur les deux fronts, victimes et bourreaux, tout restera vain. Car il nous faut être lucides : glisser dans pareille infamie est l'ultime conséquence d'une vie désacralisée où la solitude et l'insignifiance rendent fou.

Je terminerai par une dernière prière, celle d'un écrivain, d'un « laveur de mots », comme Francis Ponge nomme le poète. Il faut se garder de prendre les mots en otage et d'en mésuser. Ils sont notre seul accès aux champs de la conscience. Ils sont les clefs qui ouvrent les espaces. Pédophilie = Amour de l'enfant. Ce sarcasme est insoutenable. Le beau mot *philos*-ami, *phillin*-aimer, si grave et serein dans d'autres alliances, philanthrope, philosophe, ne doit pas être aussi cruellement détourné. Appeler « un ami de l'enfant » l'infanticide (puisqu'à une nuance près, il y a toujours meurtre, meurtre de l'enfance dans l'enfant, meurtre de l'innocence) est une violence inadmissible et que nous ne devons pas entériner et valider. Si le champ sémantique d'un mot comme « aimer » est piégé et empoisonné, notre cœur ne va pas tarder aussi à l'être. Notre langue est sacrée. Veillons sur elle comme sur une lampe qui éclaire la nuit du monde.

La leçon de violon

Quand j'étais enfant, je pratiquais régulière-
ment deux exercices. Il y en avait un qui consistait à m'incliner. J'apprenais à faire une révérence profonde. Je passais des heures à
m'incliner et je me souviens de la joie que
j'éprouvais quand vraiment j'étais entière dans
cette révérence. Il se passait alors quelque
chose qui était comme un spasme, un bonheur
complet. J'en ai compris la nature plus tard, en
lisant ces paroles d'un maître de la dynastie
T'ang, Zengestu : « Même dans une pièce som-
bre, tiens-toi comme si tu étais en présence
d'un hôte de marque : même si tu es seul dans
une chambre obscure... » C'était cette convic-
tion profonde que j'avais en m'inclinant devant
cet hôte que j'étais seule à voir.

Le deuxième exercice consistait à sentir le
poids d'une couronne sur ma tête. A Marseille,
on dit de quelqu'un d'un peu prétentieux qu'« il
s'en croit ». Et moi, qui avais la sensation de
porter une couronne invisible ! J'étais obligée
de la porter même à l'école et je me disais que,
si un jour quelqu'un la remarquait, je pourrais
toujours la ranger dans mon cartable. Au lycée

Montgrand, on était obligé de s'habiller très sobrement et le port de la couronne n'était certes pas toléré. Cette sensation de royauté qui m'habitait n'avait vraiment rien à voir avec « s'en croire » ; c'était seulement le secret bien gardé de ma naissance, et c'est aussi le secret de la vôtre !

Ces deux sensations vont ensemble : la révérence et le port de la couronne, et elles sont restées dans la mémoire de mon corps. Je les retrouve en vieillissant ; je dois dire que je les avais perdues pendant mon adolescence, ma jeunesse, et la période de la vie où l'on est tout occupé de construire son nécessaire ego. Cette sensation, je la retrouve maintenant, et dans ce que je vais dire du corps résonne cet émerveillement premier que j'ai connu autrefois. Ce secret qui nous est commun à tous est celui de notre royauté.

L'émerveillement devant le corps est rare, très rare. Où, par ailleurs, n'allons-nous pas chercher des raisons de nous enthousiasmer dans le monde contemporain ? Il y a tant de gens fascinés devant les machines, ces jouets dérisoires comparés à la complexité, à la beauté d'un corps ! Si sophistiquées que soient ces machines, elles sont d'une trivialité loufoque, d'un simplisme féroce, comparées au chef-d'œuvre que nous habitons.

Ce corps : quel choc est souvent nécessaire, le choc de la maladie, le choc de l'approche de la mort ou même le choc lumineux de l'éros, pour en connaître la lumineuse merveille ! Imaginez un Paganini qui eût ressenti pour son Stradivarius du mépris, ce mépris qui est celui de tant d'entre nous envers leur corps ! Bien sûr, rares sont ceux qui tiendraient aujourd'hui le discours du prêtre de l'époque baroque Abraham A Sancta Clara, dont je cite un passage dans *La Mort viennoise* : « Ces femmes que vous tenez entre vos bras ne sont que des sacs d'excréments, de sang, de bile et de glaires, que vous rejetteriez au loin si vous pouviez voir à l'intérieur. » Ce n'est plus le ton d'aujourd'hui, mais croyez-vous que notre époque, qui vend la peau des femmes sur les murs des villes – le corps découpé en morceaux comme sous le couteau d'un équarrisseur, ici un sein, là un mollet –, ne fait pas œuvre plus sinistre encore que l'imprécation d'Abraham A Sancta Clara ?

Parfois, ce mépris a une autre coloration ; c'est le mépris pour la matière qui se veut un hommage à l'esprit. Perversion différente, mais aussi effarante. Imaginez l'attitude qui consisterait pour Paganini à dire : « J'aime tant la musique que je ne veux pas la voir liée à la matière. La musique est si pure, si haute, que j'aspire à l'entendre sans passer par la matière, par le bruit. La matière est à dépasser, à laisser derrière nous. Elle est déchéance comparée à l'esprit, à la musique. A la limite, je voudrais une musique qui ne se fasse plus entendre. » Non, jamais un virtuose ne tiendrait pareil langage ! Au contraire, si vous voulez apprendre comment traiter avec tous les égards imaginables ce corps, comment le couver des yeux, le caresser, l'envelopper d'une étoffe précieuse pour le protéger des chocs, observez un virtuose agir avec son violon : jamais il ne le déposera à la consigne ! Bien sûr, il ne tient qu'à vous de maltraiter cet instrument précieux, de le traiter en crincrin une vie durant, au préjudice de tous ceux qui nous entourent, de vous-même, de vos propres oreilles.

Cette métaphore : corps-violon est belle, même si, comparé au corps, le violon est lui-même mille fois simplifié, il reste quand même, dans l'ordre de l'harmonie poétique, une équivalence. Tous deux, violon et corps, sont conducteurs de musique, conducteurs de la musique de l'Être. Tous deux sont en somme ces purs passages. « Ce n'est que corde sèche, bois sec, peau sèche, mais il en sort la voix du bien-aimé. » C'est en ces termes que Roumi parle de son instrument de musique, de son rebab.

La construction d'un instrument comme le violon ne peut se réaliser que par la convergence d'un savoir multiple. D'abord le bois. Le choix du bois. Le choix de l'arbre. Ce sera, m'a dit un luthier, un arbre qui poussera dans un vallon afin que son bois n'ait pas eu trop à lutter avec les vents et la tempête, juste ce qu'il faut d'oscillement, de balancement pour que sa fibre soit souple, délicate, mais point trop. Puis les doigts du luthier vont en palper la qualité, en choisir un fragment. En permanence, tout ce qui va aboutir à cet objet, ce violon, va être à la fois de l'ordre du réel et de l'irréel, du savoir et de l'intuition, de la précision extrême et du somnambulisme. Déterminantes vont être les fibres dont seront formées les ouïes, les éclisses, le manche, la lame qui va soutenir la table supérieure et, lorsque enfin les cordes vont être tendues, il suffirait que le chevalet qui les supporte ait été déplacé d'un dixième de millimètre pour que le son en soit gâché. Du resserrement ou d'un desserrement minimal des chevilles qui tendent ces cordes va dépendre la qualité. Et tout cela qui pourrait se décrire indéfiniment, toute cette kyrielle de gestes, de détails infimes qui aboutissent à l'œuvre « violon », qui pourrait encore être de l'ordre de la matière, la déborde de toute part. Viennent maintenant l'archet et la main qui le guide vers la musique qui va jaillir. Tout cela n'est jusqu'à présent que prolégomènes de l'entrée en jeu : la main, le bras, l'épaule. N'est-ce pas plutôt l'oreille qui va faire jaillir la musique ? L'appel de l'oreille, la nostalgie de l'oreille à la percevoir ? Que dire alors des longues années d'apprentissage ? Ce n'est pas encore cela. Plutôt la présence, l'inspiration de celui qui se tient là : même pas. Tout cela n'est que la longue chaîne qui va du forestier à l'ébéniste, de l'ébéniste au luthier, du luthier au professeur de violon, du professeur à l'élève doué, de l'élève doué au maître qui le guide, puis, un pas plus loin, au maître intérieur, au maître qui l'habite. Et tout cela à l'infini. Cheminement infini jusqu'à l'absence suprême, jusqu'à l'absence d'où va naître la musique qui va nous hanter, où tout va être aboli : tout ce qui a précédé l'instant où naîtra la vraie musique, cette musique qui ne va plus dès lors se jouer sur les cordes du violon, mais sur les fibres mêmes de notre être et de notre cœur ; cette longue chaîne phénoménale qui va aboutir à l'absence de tout phénomène et s'amenuiser jusqu'à n'être plus que l'absence lumineuse de toute écoute, de tout jeu, à la limite de toute musique.

Je me souviens d'une expérience où, toute jeune fille, à quatorze ans, j'ai entendu Yehudi Menuhin jouer dans la petite église de Gstaad. Cela a été en somme, avant l'expérience de l'éros, la première expérience de dissolution, cet instant où subitement tout disparaît, tout ce qui a été précédemment : l'église, le monde réuni là, les petits jeux de la mondanité, les gens qui se rencontrent, qui cherchent leur place, qui s'assoient, tout cela, et puis l'apparition du maître, son jeu, son violon et, à un moment, la dissolution de tout pour entrer dans la résonance, cette résonance qui a fait des limbes de l'incréé jaillir un jour le monde.

Dans la triade amoureuse telle que l'a décrite le soufisme, l'amant, l'aimée, l'amour, il est dit que n'ont de réalité que les deux derniers : l'aimée et l'amour, l'amant n'ayant servi que de passage aux deux, à la présence de l'amant et à l'épanouissement de l'amour. Dans le cas de Yehudi Menuhin, nouvelle triade : Menuhin, le violon, la musique. Il est certain que les deux premiers n'existaient vraiment que pour livrer passage, pour faire que l'enfant que j'étais entre en contact avec l'être, cette musique qui, lorsqu'on l'a entendue une fois, transforme l'alchimie du corps et le fait tinter comme un cristal. Ainsi, le violon et Yehudi Menuhin n'ont été que serviteurs de cette métamorphose.

Alors ce violon, dont j'ai tenté d'évoquer la parfaite ordonnance, dont j'ai tenté de décrire la déterminante importance dans l'agencement de chaque détail matériel, est une métaphore pour moi de ce que j'appellerai l'ordre amoureux qui régit le corps.

Une *âsana*, une posture parfaite, peut aussi, lorsque nous la vivons dans le paradoxe de son immobilité vibrante, manifester cet ordre amoureux, nous le faire sentir au niveau du corps. Lorsque le chevalet du violon est déplacé d'un millimètre, le son en est cassé ; de même, dans l'ordre du corps, lorsque l'empilement vertébral se vit dans sa perfection, dans sa tension et sa détente maximale, il engendre cette sensation d'ordre amoureux, d'ordre parfait. Il y a dans le corps une sensation aussi fugitive que l'éclair qui nous met debout, tendu et frémissant, à en mourir presque, comme l'est la corde du violon dans la fulgurante évidence : un instant de cette divinité. Dans la parfaite ordonnance des vertèbres, des tendons, des nerfs, se reflète un instant l'ordre du cosmos, cet ordre amoureux.

Le corps est cette œuvre d'un grand luthier qui aspire à la caresse de l'archet. « Tout ce qui vit aspire à la caresse du Créateur », dit Hildegarde von Bingen. Séparé de la résonance à laquelle aspire ce corps, séparé de la musique pour laquelle il a été créé, il perd sa tension, il s'affaisse, il se laisse aller, il se désespère. Nous vivons à une époque où rien ne nous dit la merveille de l'ordonnance du corps ; on croit vraiment que se laisser aller est une manière de se sentir mieux, personne ne nous signale : attention, ton chevalet est déplacé, ta corde est distendue, le maître ne peut pas jouer sur toi. Ces corps inhabités de tant d'entre nous aujourd'hui qui, à défaut d'entrer dans la résonance pour laquelle ils étaient créés, vont se rouiller, se déglinguer, perdre le souvenir de ce qu'ils sont. Pourtant, nous le savons tous, la mémoire du corps est la plus profonde : tout ce qui m'a touché, tout ce que j'ai touché, frôlé, caressé, les coups que j'ai reçus, les blessures, tout est dans la mémoire de mes cellules ; l'intellect, lui, peut jouer, effacer, recommencer de zéro, inventer des scénarios divers, les reprendre, les corriger, les analyser, les annuler, mais le corps reçoit de manière indélébile toutes les informations. Toute cette mémoire accumulée, recouverte, cachée dans les strates, empêche la vibration, la musicalité de mon corps. On dit en allemand d'un mauvais instrument qu'il a un « loup ». De même du corps et de certains registres de la mémoire qui le raidissent, le contractent, le rendent inapte à résonner librement. Un mauvais instrument a ses « loups » ; un mauvais corps a ses obses-

sions, ses zones maudites où il résonne lugu-
brement.

Un bon instrument résonne sans sélection
dans tous les registres. Il accueille tout de toute
son âme, entre dans toute résonance.

Dans un bon corps, un corps réconcilié avec
ses blessures, la peur ne verrouille plus les
espaces. Le ton le porte au bout de chaque
vibration. Il faut pourtant se garder d'une
conception dualiste quand on utilise ces images, et ne pas faire du corps l'instrument, et de
l'âme celui qui joue. Ce serait une séparation
artificielle car la merveille qui va se révéler au
contemplateur ou à l'auditeur, c'est l'insépara-
bilité de tous ces éléments. Entre l'instrument,
l'archet, le joueur, il n'y a pas place pour une
lame si fine soit-elle, comme la plus fine lame
ne peut séparer la triade : amour, aimée, amant,
bien que mystérieusement, tout en étant un, ils
soient pourtant délicatement différenciés. Une
seule vibration les enveloppe, comme le tourbillon qui va emporter Élie. Il y a une force
unique qui mène le jeu : l'inspiration, le souffle, l'éros, et cette force mesure et décide à
chaque instant de l'emplacement où l'archet va
se poser, va frôler la corde. De la légèreté de
sa pose ou de son insistance, imperceptible ou
alors appuyée, le son qui a précédé va être
épousé par celui qui maintenant s'élance, le
chevauche, l'amplifie, trace des paraphes qui
vont être amples ou brefs, d'une délicatesse
infinie ou, au contraire, d'une ardeur brûlante.
A chaque instant, tout se décide de neuf, le

nouveau son chevauche la vague des sons qui l'a précédé, l'accompagne. Ainsi de ces corps libérés qui résonnent et dont Irénée chante la louange : le corps vivant, l'homme vivant est la gloire de Dieu !

Avant d'abandonner cette métaphore du violon – nous l'avons assez jouée, déroulée –, je voudrais ajouter que ce qui la rend si riche à broder pour moi apparaît encore mieux lorsqu'on compare le violon et le piano. Il ne pouvait pas s'agir de parler du corps comme d'une leçon de piano. Pourquoi ? Parce que le pianiste, contrairement au violoniste, a pouvoir de vie et de mort sur le son ; quand il lâche la touche, le petit marteau feutré va s'abattre et stopper la vibration de la corde, et le prochain son va naître clair, séparé, sans l'interférence du son précédent. Le jeu est prédit : je fais surgir et j'efface ; c'est seulement si j'appuie sur la pédale droite que je retiens les marteaux et que les sons vont interférer, que je vais créer des espaces pour le flou artistique ou romantique. Ce jeu-là, le jeu de piano, a davantage à voir avec la tête. Il satisfait, dans un sens, le démiurge en moi qui aime à être maître de ce qu'il fait surgir. Maître de la vie et de la mort du son. C'est une tout autre manière d'être dans la musique.

Le joueur de violon, lui, n'est aucunement maître de la vie et de la mort des sons, sauf dans l'intermède des *pizzicati*. Le son, une fois incité par l'archet, devra aller jusqu'au bout. Il faut le suivre, entrer dans le dialogue, sans cesse varier la pression, l'intensité, marier les vibrations, les faire s'épouser. Écoute attentive, intense, permanente, création de chaque instant, dialogue intense entre le caresseur et le caressé, entre le maître des plaisirs et celui qui fond sous les caresses. Impossible de reproduire un son de violon. Toujours unique. Le son et la vibration créés sont comme une vague que le surfeur va chevaucher jusqu'au bout. Ici, les vagues naissent du jeu du virtuose ; de même que le virtuose naît de son abandon, de sa maîtrise à ce jeu dont il est à la fois l'instigateur et le jouet, le vent et l'écume. Ainsi en est-il du corps, ainsi de notre présence sur terre, de l'art d'être incarné, de notre manière de participer à ce jeu des résonances dont vibrent nos cellules – virtuosité et abandon, maîtrise et absolu don de soi, confiance.

Ce jeu dont Graf Dürckheim a beaucoup parlé, entre la tension et la détente, ce jeu, nous ne le connaissons plus à notre époque, où nous confondons tension avec stress et détente avec laisser-aller, alors qu'il s'agit exactement du contraire, de ce moment où je tends, où la flèche va partir, et de cette détente dont la vibration est incomparable. Tantôt je suis l'instigateur, tantôt je suis mené, tantôt je pose l'archet, je décide de la hauteur du son, tantôt je suis emporté par l'inspiration d'un phrasé. Je suis à l'écoute, mais en même temps, je perçois, je suis conscient soudain que celui qui écoute ou que ce que j'écoute n'est rien d'autre que moi-même, que cette musique qui monte du fond de mes entrailles, je vais à sa rencontre, elle retentit au fond de moi, je m'y baigne sans le savoir depuis toujours. Mystère de cette incarnation... Ce qui paraît à tant d'entre nous, dans certaines cultures, à tant d'époques, un exil sur terre, le fait d'être cousu dans ce sac de peau, prison terrible lorsque la souffrance en devient le geôlier, tout cela peut, par un retournement imprévisible, s'avérer chemin de délivrance et de lumière.

« Le corps, c'est le défi lancé à l'esprit de prendre corps, de se réaliser, je dirais même, le corps est la réalisation de l'esprit. Ainsi, sans vos gestes, sans la manière que vous avez de vous mouvoir, j'ignorerais tout du secret lumineux de votre âme. » (Lettre d'Ortega y Gasset.) N'avons-nous pas dans le message amoureux la seule manière de communiquer qui soit capable de refléter ce qui est vraiment, et non pas ce qui nous sépare, ce qui nous fait demeurer dans l'illusion d'être des corps séparés, cette illusion si terrible dont nous mourons en cours d'existence ? Ce qui nous met vraiment dans la résonance de l'autre, ne nous lassons pas de le répéter, c'est l'amour. L'amour ne rend pas aveugle, il rend visionnaire, il met directement en contact avec l'être réalisé qui habite cette personne que j'ai choisie, cet amant, ou amante, choisi entre tous ceux ou celles que j'ai rencontrés. L'amour essuie la pruine du fruit, dissout la brume et fait voir, derrière les apparences, la perfection du projet divin que chacun de nous incarne sans le savoir. En somme, cette percée directe, à travers les apparences, ce que l'amour me permet de voir, c'est l'accomplissement de ce qui est en devenir, une sorte d'avance, sans versement d'intérêts, une sorte d'acompte sur l'héritage de lumière de celui que j'aime.

La rencontre d'un maître dans les traditions les plus diverses est de cette nature, avec la différence qu'il n'y a plus d'acompte nécessaire et que le maître a déjà reçu en partage cet héritage de lumière ; il a atteint sa transparence, là où il se tient, il n'y a plus personne sinon un accroc à travers lequel je peux voir derrière les apparences le déploiement du réel. Derrière la *Maya*, l'être aimé, vénéré ; comme l'accroc dans le rideau, je vois au travers, dans ce frémissement infini du créé, dans cet univers indifférencié de l'au-delà. L'importance du maître dans la tradition hindoue est connue de tous. Sa manière d'être là, la qualité de sa présence, avant même qu'il ait prononcé une parole, est déjà l'Enseignement.

On connaît moins dans la tradition hassidique l'importance donnée à la présence du maître. Dans la tradition juive, il n'y a pas de différence entre le corps et l'âme, la présence physique est un précipité de l'âme. Il est dit que le grand fondateur du hassidisme, le Baal Shem Tov, était d'une présence si irradiante qu'on venait de très loin pour le voir gravir les quelques marches à l'entrée de la synagogue. La transparence d'une présence, le lieu habité où il n'y a plus personne, est la résonance extrême, lieu de l'absolu paradoxe, de l'absence et de la présence. De même, la dissolution de grands lamas tibétains en lumière au moment de leur mort marque un point ultime où la matière révèle sa déliquescence, son irréalité, son incandescence.

Tout se passe comme si l'esprit seul ne pouvait pas se manifester à nous, comme s'il fallait ce passage de l'invisible au visible, « *per visibilia ad invisibilia* », formule de l'abbé Suger, le constructeur de cathédrales : par le visible, nous faire voir l'invisible, par la construction des cathédrales, faire surgir la Jérusalem céleste. Tout se passe comme si nous ne pouvions pas atteindre à ce qui est caché, à ce monde vibrant et divin, sans cet écran placé entre nous et lui, sans la matière et l'incarnation. Comme s'il fallait ce passage de l'invisible au visible, de l'inaudible à l'audible, de la non-saveur à la saveur, de l'incaressable au tangible, pour que l'esprit se manifeste en nous. Le monde intermédiaire agit en somme comme un précipité chimique qui signale la présence d'un élément qui resterait, sans cela, indécelable.

Ainsi n'existe-t-il pas un ordre matériel et un ordre spirituel, mais seulement de l'esprit, la matière n'étant que la part coagulée du sang du réel, la part manifestée, la seule part du divin que je puisse enfin prendre dans mes bras. L'entière création perpétue ce miracle. La splendeur de l'être est donnée à voir, à sentir, à toucher, à goûter, à entendre. De même que la lumière blanche réfractée par le prisme éclate en un faisceau de couleurs, en un éventail de toutes les nuances, de même l'esprit en heurtant la matière, en la touchant, fait jaillir l'incroyable, l'incontournable splendeur du monde manifesté. Cette *dépense* dont parle Bataille, cette débauche divine des apparences, ce déploiement insensé rend si ridicules nos cours de Bourse, nos intérêts, nos emprunts bancaires, nos cœurs frileux, sinistres, formés à l'économie : la multiplicité du créé, le délire fou de la création existent seulement au niveau où nous les percevons, car en profondeur règne le secret d'une ordonnance scrupuleuse, illisible à l'homme. Ainsi de la tragédie du désordre écologique qui traverse tous les espaces, tous les niveaux. L'arbre qui meurt correspond à la mort de l'arbre de la Connaissance en chacun de nous. Les mêmes structures se manifestent à tous les niveaux de la création, les mêmes spirales au fond des mers et dans les galaxies au-dessus de nos têtes et dans chaque corps l'univers entier se reproduit encore une fois. Ainsi dit le Talmud.

Arrêtons-nous sur cette phrase : « Dans chacun de nos corps l'univers entier se reproduit encore une fois. » Laissons un instant la nouvelle nous parvenir, pas seulement dans nos oreilles, mais venir caresser notre peau, entrer dans notre chair, pénétrer notre squelette, ce récif de corail en permanente formation, aller dans notre moelle, laisser le flux du sang la répandre dans notre corps, pas seulement entendre avec l'ouïe, mais percevoir ce que signifie cette phrase. Dans chacun de nous l'univers entier est reproduit encore une fois. Dans chacun de nous, l'entière création se reflète avec les abîmes des océans et les spirales des galaxies. Combien d'entre nous sont en mesure d'affronter la conséquence d'une pareille révélation et la responsabilité qui en découle ?

Les deux sœurs

Le tout premier jour où je suis allée à l'école, je me souviens avoir monté la rue Paradis avec ma grande sœur, la main dans la main.

Cette forte image : deux sœurs qui marchent en se tenant par la main me vient à l'arraché et par surprise quand je dis : la vie et la mort.

Elles aussi vont ensemble et sont impossibles à penser l'une sans l'autre : émouvantes, inséparables, la vie et la mort.

De même que je suis nue sous mes vêtements, je sais que je suis promise à la mort, pourtant l'énigme reste entière.

Qui est ce « je » promis à la mort depuis l'heure de ma naissance ? Et qui est en moi, celui ou celle qui lui échappe obstinément depuis le début des temps ?

Que le paquet ficelé et scellé de mon identité, de mes qualités diverses, soit voué au trépas ne fait pas de doute. Mais cette vie, cette vie qui m'a traversée de manière unique et singulière, comme elle traverse de manière unique et singulière tous les êtres vivants, qui en suspendrait la coulée ?

L'erreur fondamentale de nos pensées binaires est d'opposer la mort à la vie. La vraie paire d'antonymes est naissance et mort, le passage du commencement et le passage de la fin. Et ce qui passe par ces deux portes et qui s'y engouffre, c'est, dans les deux cas, la vie.

Ontologiquement la mort est comme la naissance, inhérente à la vie – et non son opposé. Souvent de nos jours, tout ce qui est hostile à la vie est appelé mort. Ainsi nous pourrions dire du royaume de l'insignifiance dans lequel patauge notre époque, ce lieu vain où se trament les idéologies mortifères, les systèmes glauques et clos, où les idolâtries haineuses dressent leurs tentes, qu'il est un royaume des morts. Si la « mort » est l'espace de nos démissions et de nos lâchetés et celui de la séparation d'avec notre être véritable, alors notre époque a atteint son rivage. Mais lorsque nous utilisons le mot « mort » dans cette acception, il ne faut pas oublier d'être vigilant à son glissement progressif et définitif.

Peu à peu dans la conscience contemporaine la mort devient le mal absolu, le vide-poches de tout ce qui est haïssable, l'ennemi numéro un. Il n'est que de voir à quel point elle est considérée comme l'échec absolu dans les services hospitaliers. En citant récemment Mozart : « La mort, cette fidèle et excellente amie », j'ai été surprise de constater à quel point cette phrase, si sereine à mon oreille, était mal perçue. Ou encore celle de Freud que dans un tout autre registre je ressens comme profondément conciliante : « Nous sommes redevables de notre mort à la nature. » Peut-être faut-il, pour l'aimer comme je l'aime, vivre à la campagne et suivre la métamorphose des saisons ?

Certes, si je la place face à la vie, ce fleuve torrentiel, la mort apparaît stagnation, marais putride. Or il ne faut pas la placer face à la vie, mais l'y inclure. C'est surtout cette intuition première que je voudrais rendre sensible : la vie, la mort vont ensemble, main dans la main.

De l'admirable roman de Chaim Potok *Mon nom est Asher Lev* me reste le dialogue entre l'enfant et son père devant un oiseau mort : « Père, pourquoi le Créateur de toute chose a-t-il permis la mort ? » « Mais mon fils, c'est parce que sans elle – et si rien jamais ne nous arrachait à ce monde – nous ne saurions pas combien la vie est précieuse. »

La mort « exaltatrice » de vie, force qui active, exalte et sublime ! La mort, « repoussoir » qui met en valeur l'autre élément, l'exalte en contraste ! La mort, soufflet qui active le feu défaillant ! Est-ce bien cela ? Une hésitation reste au cœur et pourtant ! Une grande partie de notre expérience reflète cette réalité. Aussitôt montent à la mémoire toutes ces situations vécues, accompagnées, rapportées où la mort, ou l'annonce de la mort imminente, ébranle la vie et la remet en marche.

Que de destinées embourbées comme des charrois dans l'ennui et l'insignifiance et que toute tentative de mise en mouvement n'enlisait que plus profondément sont soudain remises à

127

claire-voie ! Que de dialogues renoués au pied d'un lit (quand les choses se passent bien, quand ne tombe pas la chape du mensonge !). Que de regards tissés ! L'intensité soudaine de la présence, le poids des secondes qui s'égrènent ! La sensation d'étrangeté s'introduit, se faufile au cœur du plus familier, de ce qui un instant plus tôt ne semblait pas devoir mériter de l'attention. Les êtres et les choses gagnent en contour, en poids, en densité. La vraie vie, lente et appuyée, reprend ses droits, capte l'attention qui lui revient et l'agitation de nos fausses vies s'estompe. Nulle part, l'instant n'apparaît aussi fragile, aussi filigrane et digne d'attention.

Comme il est dur d'avoir manqué ces rendez-vous, d'avoir laissé partir les êtres sans leur avoir donné le seul cadeau qui compte : du temps partagé ! Je revois cette jeune femme dont le mari meurt après deux années de rupture et de silence.

« Tu comprends, me disait-elle, c'était un silence entre vivants, un silence dont on savait à chaque instant qu'on pouvait le suspendre, le dissiper et qu'on ne prolongeait que par mauvais jeu, pour que l'autre comprenne à quel point il nous avait blessé, et que c'était à lui de faire le premier pas. Une bouderie qui se prolongeait – mais jamais, au grand jamais – un silence définitif ! Qu'un jeu hargneux puisse devenir la vie ! Un silence de vivant devenir un silence de mort, qui eût pu le croire ? »

La vie ne sait pas faire semblant. On ne peut

guère faire semblant de ne pas se voir, de ne pas se parler. Le fait est qu'on ne se voit pas, qu'on ne se parle pas. L'arbre ne fait pas semblant de porter des pommes, ni l'araignée de tisser sa toile. Le cœur des humains ne distingue pas les feintes des coups mortels.

Une question harcelante, impossible à éluder : Faut-il vraiment la mort pour que le prix de la vie apparaisse ? Faut-il que je te perde pour savoir combien je t'aimais ? N'est-il pas temps d'introduire dans nos quotidiens une autre conscience, une autre manière d'être, une discipline tendre ? Rendre hommage à la vie. Chaque jour de neuf, et jusqu'à la fin de nos jours ! Pour éviter le sort de ce héros antique dont le nom me fait la nique. A l'instant où la jeune paysanne qui lui a offert une nuit de délices s'éloigne sur le chemin, il la reconnaît ! A son dos ! A sa démarche ! C'est la déesse Aphrodite elle-même ! Trop tard hélas, puisque, avant qu'il n'ait de quelques bonds pu la rejoindre, elle s'est dissoute dans la brume matinale !

Main dans la main.
Les deux sœurs.
Une fois accepté le fait que la mort ne s'excise pas comme une tumeur du tissu vivant de notre vie mais qu'elle lui est consubstantielle, le pas principal est franchi. Les énergies prisonnières de la peur, du rejet, de l'indignation devant le sort sont alors libérées et désormais au service de la formidable alchimie de

transformation. Il est évident que ce retournement ne s'opère pas dans le mental et qu'il est le fruit de la chair et d'une longue patience.

Aussi longtemps que je veux défendre coûte que coûte mon acquis : mon identité, les miens, ma jeunesse, mes succès... la mort reste toute-puissante et redoutable. Car sa mission alors n'est autre que de m'arracher ce que je crois posséder. C'est sa première raison d'être, elle est l'arracheuse, la « scandaleuse », celle qui fait trébucher sur le « scandalon », l'obstacle, celle qui fait tomber.

Mais cette vie, cette vie qui me traverse de manière unique et singulière comme elle traverse de manière unique et singulière tous les êtres vivants, qui en suspendrait la coulée ?

Dès que je livre passage à ce qui est, que je m'ouvre au flux du réel dans une porosité tout amoureuse, la mort perd son aiguillon.

A la première « naissance d'en bas » – à la première surgie hors du ventre des femmes – succédera un jour – en fin de pèlerinage, en fin de quête – et dans la même logique de l'Éros divin, la « naissance d'en haut[1] ». « J'ai mis devant toi la vie et la mort. Choisis la vie et tu vivras ! » L'Invitation de Dieu à Moïse ! Tautologie sublime qui savonne pour finir les marches de l'escalier et nous délivre de la malédiction de la dualité !

« Choisis la vie et tu vivras. »

---

1. Saint Jean, 3-7.

Que tu vives ou que tu meures, choisis la vie !

J'ai gardé pour la fin l'émotion que je viens de vivre à mon arrivée à ce congrès et que je tiens à partager avec vous.

La mort a un autre pouvoir encore : elle déchire les entraves qui nous empêchent d'aller vers autrui. Car les morts ont ceci que n'ont pas les vivants : ils sont abordables, ils sont d'accès facile. Il n'est même pas nécessaire de leur avoir été présenté de leur vivant. Je peux à l'annonce d'une mort qui m'ouvre le cœur entrer aussitôt en relation avec l'« évadé ». Son ego n'existant plus, le mien fond aussitôt à son contact. Les âmes se touchent, se frôlent, baignent ensemble.

Comme le montre ce que je viens de vivre ici avant de commencer à vous parler.

En arrivant ici, j'ai demandé à être installée dans une petite pièce tranquille où concocter les quelques propos que je voulais partager avec vous. Me voilà seule dans une pièce où se trouvent un bon fauteuil, une table, quelques vêtements oubliés. Je jouis de ma tranquillité trompeuse ! Ce lieu à l'abri de tous va en un seul instant devenir le centre d'une tornade. J'entends soudain des bruits alarmants dans le couloir, on me demande à entrer pour récupérer quelques vêtements. Me voilà face à une femme en larmes. « Je viens prendre mon manteau, me dit-elle. J'ai *perdu* ma fille, je viens d'apprendre qu'elle est morte à l'hôpital. Et moi qui suis là à un congrès sur l'accompagnement des mourants... pendant que ma fille... » Me voilà dans ses bras ou elle dans les miens. Les sanglots qui la secouent roulent les éboulis de pierre de sa poitrine à la mienne, de son ventre au mien. Une accalmie, des saccades plus fortes encore, nous pleurons ensemble. Un instant plus tôt nous ne nous connaissions pas et voilà que nous partageons l'intimité la plus haute qui, l'éros mis à part, soit possible sur terre : le deuil, la mort portée ensemble. Ses larmes mouillent mes joues, mes cheveux. Nous sommes ensemble – une. Voilà que la mort me donne une fille que je n'avais pas avant.

Quelque chose d'étrange et de déchirant a lieu : la mort me donne la fille que la vie ne m'a pas donnée : Sandra. Elle s'appelle Sandra. Elle est ma fille et je la pleure de l'intérieur de sa mère. Elle nous a soudées. Je ne sais combien notre embrassement a duré, mais je sais que ma famille s'est agrandie, enrichie d'une toute jeune morte, et que sa rencontre a eu lieu pour moi au centre même du brasier de la vie. Aussi fait-elle partie désormais de ma vie. Comme les autres vivants que j'aime. Le sens du désespoir, s'il en est un, n'est-il pas de dégager cette énergie « scandaleuse » qui est seule en mesure de fracasser les murailles de nos cœurs ?

« La mort est grande par la vie qu'elle fait surgir », disait Dürckheim.

Les saisons du corps

De notre conception à notre mort, la vie est conçue comme un chemin d'initiation, un cycle d'expériences successives. La roue qui va tourner son grand tour est à chaque point où son cercle ferré touche le sol à son point de départ. Chaque instant est le début, chaque nouveau jour, chaque nouveau livre, chaque nouvelle rencontre. A chaque moment nous commençons de neuf.

La nature du temps de la vie est à la fois diachronie – évolution, déroulement – et synchronie : tout a lieu simultanément.

Voyez la forme de la sonate : la façon dont un thème est introduit, suivi d'un autre thème sur un autre mode, puis travaillé, élargi, épanoui tout au long du mouvement ; et observez le retour vers le tout début de la mélodie, mais cette fois un tour de spirale plus haut, à un autre niveau ; et par un nouveau cheminement mélodique voyez le mouvement parvenir à sa fin – ainsi de la vie.

L'avancée de la mélodie d'une existence, son irrésistible déroulement, ses lois de composition, avec, à l'intérieur des structures, la possibilité d'infinies variations, une combinatoire sans limitation, voilà la métaphore d'une existence. La vie ne commence de faire mal, très mal, que lorsque nous ne nous laissons pas porter par son courant, lorsque nous tentons de nager à contre-courant. La vie fait mal, très mal, lorsque nous nous refusons d'en épouser le cours et les méandres.

Notre mémoire est pleine de ces refus sanglants d'avancer : de la marâtre de Blanche-Neige à Médée qui par amour pour Jason (est-ce là la racine de leur tragédie commune ?) glisse un bâton dans la roue du temps et use de sa magie pour rajeunir son beau-père Éson, et de la sinistre comtesse Bathory qui se baignait dans le sang des enfants pour conserver son pouvoir de séduction, jusqu'à l'étagère secrète de notre salle de bains où trônent les produits de l'industrie esthétique qui coûtent la vie par la torture de la vivisection à des millions d'animaux chaque année.

Refuser de mûrir, refuser de vieillir, c'est refuser de s'humaniser. L'humanisation passe par le relâchement du masque, par son amollissement. Refuser de mûrir, c'est en somme refuser de devenir humain. Nous nous transformons alors en ces concrétions pierreuses, en ces calculs qui bloquent nos reins, qui bloquent le passage au flux de l'être, en ces statues liftées au seuil de la vieillesse.

Retenir le flux de l'existence, c'est oublier que la vie est l'art de la métamorphose. La femme que je suis a déjà enterré un enfant,

l'enfant qu'elle a été ; joyeux, il chant[e]
dansait ; puis une adolescente embarrassé[e]
ses jambes. J'ai enterré aussi une jeune fem[me]
une jeune mère. J'ai enterré une femme mû[re].
Je viens même d'enterrer la femme féconde que
j'étais ; c'est-à-dire que je suis entrée dans ma
seconde fécondité. Et j'enterrerai cette femme
mûrissante que je suis en devenant la femme
vieille qui est en moi ; puis la très vieille
femme ; puis, la morte et celle qui fera le passage vers l'autre rive.

Ainsi, chaque fois que j'ai quitté un espace,
je suis entrée dans un autre. Ce n'est pas facile.
C'est dur de quitter le pays de l'enfance ; c'est
dur de quitter le pays de la jeunesse ; c'est dur
de quitter l'épanouissement féminin, de quitter
la fécondité. D'un pays à l'autre, d'un espace
à l'autre, il y a le passage par la mort. Je quitte
ce que je connaissais et je ne sais pas où je vais.
Je ne sais pas où j'entre. Traiter ce passage
comme s'il allait de soi ? Bien sûr que non : ce
serait légèreté. Mais, puisque plusieurs fois
déjà j'ai fait l'expérience qu'en quittant un
« pays » j'entrais dans un autre d'une égale
richesse sinon d'une plus grande richesse, pourquoi donc hésiterais-je devant la vieillesse ?
Quelque chose en moi me dit : « Fais de même,
fais confiance ; tu entres dans un autre espace
de richesse. La vie est une école de métamorphose. Fais confiance à la métamorphose. » Je
regarde le plus souvent possible couler l'eau.
Je m'imprègne de ce qui se passe en moi à voir
couler l'eau.

J'ai eu le bonheur dans mon enfance d'habiter près de la mer. Je me souviens que nous allions jouer au jardin du Pharo et qu'il y avait toujours, sur un banc, des vieillards qui contemplaient la mer. Et lorsque nous leur jetions nos ballons entre les jambes, ils se penchaient pour les ramasser et nous les tendaient en nous regardant. Dans leurs yeux, il y avait la mer qui se reflétait. Dans leur regard, je voyais l'éternité à laquelle j'étais promise. Ce reflet d'éternité, je ne le voyais pas dans le regard des adultes, bien trop affairés dans les luttes de l'âge mûr. Mais les vieilles personnes étaient là pour nous donner ce reflet de l'immortalité dont elles étaient si proches. Plaignons ces malheureux qui, aujourd'hui, au lieu de contempler la mer regardent... la télévision.

Regarder la mer avant même que de vieillir. Entrer dans cet espace d'éternité. Nous avons à insuffler à notre monde la mémoire de ce divin dont il est, dont nous sommes. C'est bien là la raison de notre passage sur terre. Toute une civilisation s'écroule, s'effondre si la vieillesse perd ce rôle de témoignage de l'immortalité. Dürckheim, ayant demandé un jour à un Japonais ce qu'il jugeait être le plus précieux dans son pays, s'était entendu répondre : nos vieillards. Ceux qui témoignent. Dans diverses cultures les responsabilités s'accroissent avec le vieillissement. Je cite, dans *Les Ages de la vie*, cette tradition d'Afrique noire où la responsabilité s'accroît d'âge en âge et où les personnes les plus âgées, dans le clan des ancêtres, ont la responsabilité du lever du soleil. C'est là une autre trajectoire d'existence ! On est loin de l'image que nous avons de notre destinée quand nous essayons de lutter autant que nous le pouvons pour nous maintenir au plus haut de notre forme. Nous nous cramponnons « aux poignées » comme il est écrit dans les autobus. Même Simone de Beauvoir, dans son livre déchirant sur la vieillesse, n'a pas su donner de contrepoint. Elle termine en disant : « Tenez bon le plus longtemps possible ! » Une véritable injonction militaire ! Tenir la place aussi longtemps que possible n'a rien à voir avec le sens de l'existence. C'est l'incompréhension totale de notre raison d'être sur terre.

La vie a, d'ailleurs, cette extraordinaire clémence de nous donner à tout moment l'occasion d'apprendre à mourir. Cet apprentissage ne nous est-il pas offert à chaque respiration ? Si je vais au bout de chaque expir, je restitue toute cette richesse qui m'a été donnée dans l'inspir. J'accueille et je te rends ce que tu m'as donné. Dans chaque expir, j'apprends la mort, j'apprends à restituer. Avant de m'endormir, je restitue le jour qui m'a été donné et j'entre dans ma petite mort de la nuit. Un geste aussi simple que d'entrer dans une pièce ou la quitter et fermer la porte est un apprentissage de vivre et de mourir.

Clarté ! J'entre dans une expérience et puis je la délaisse et j'entre dans un autre espace. Mourir à chaque instant, non plus comme un désastre mais en comprenant à quel point cet apprentissage est celui de la Présence.

Explorons maintenant cette traversée de la vie – dans la description des saisons que donnent les grandes traditions. J'en évoquerai deux : la védique et la judaïque. Quelques mots d'abord sur les quatre *ashramas* – les quatre saisons de la vie. Dans la première – trois fois sept années –, jusqu'à l'âge de vingt et un ans, l'être est formé dans son corps et sa psyché. Les six cycles de sept ans qui suivent sont consacrés aux devoirs – quarante-deux ans sont nécessaires au brahmane pour remplir sa tâche sur terre, pratiquer le rituel conforme à sa caste, établir sa famille, servir la société. A l'âge de soixante-trois ans, le brahmane a vu grandir et s'établir ses fils, a marié ses filles et leur a transmis la tradition. Il est un homme libre. Il peut maintenant se préparer à délaisser ses liens terrestres. « Sa femme l'accompagne si elle vit encore », est-il dit dans le grand livre des lois de Manu. Quand il se sent prêt, il s'engage dans la quatrième étape – celle du *sanya-sin*, demeurant dans la forêt ou marchant de village en village, vivant des aumônes qu'on lui accorde de tout cœur – car, tout comme les vieillards de mon enfance au jardin du Pharo, il est devenu désormais témoin d'immortalité.

La tradition hébraïque distingue elle aussi quatre étapes. Ces quatre phases doivent à tout prix être vécues. Vouloir en sauter une, s'en épargner une, est suicidaire, comme nous le montre dans le Talmud l'histoire d'Akiba et de ses trois compagnons. Des quatre jeunes gens partis ensemble, seul Akiba intègre en lui les quatre étapes et devient un sage. Ben Soma, lui, succombe à la folie. Ben Asai meurt au milieu de ses jours. Quant au troisième, il devient un railleur, un renégat – c'est dire qu'il continue de vivre mais ne devient pas vivant. Chacun d'eux a en somme refusé de franchir une étape.

Quelles sont ces phases qui ne se laissent pas éluder ? La première consiste à aller à la rencontre du monde tel qu'il est. Ainsi de l'enfant qui palpe, touche, prend à la bouche, flaire, sent, observe, écoute, absorbe le monde qui l'entoure – présence immédiate au monde créé, louange.

Dans la deuxième étape, la jeunesse, le monde est nommé – pris dans la parole, dans le concept. Le mental est une saisie supplémentaire du monde. Chacun de nous a mémoire de certaines époques de la jeunesse où l'esprit bouillonne, où s'improvisent partout d'effervescentes discussions. « Fier et indompté est l'esprit de l'homme, dit Lao Tseu. Le temps d'incliner la tête et de la relever, il est allé jusqu'au fond des quatre océans et en est revenu. »

Dans la troisième phase, il va falloir tout traverser une fois de plus – mais cette fois à vif. Il s'agit de tout inscrire dans la chair. « Ce que je ne connaissais que par ouï-dire », j'ai maintenant à le vivre. « Jusqu'à présent, écrit Oscar Wilde, du fond de sa geôle de Reading, je n'avais pleuré que sur la mort de Lucien de Rubempré... » C'est maintenant l'épreuve du feu, entre cette étape et la précédente il y a la même différence qu'entre lire un roman d'amour ou passer par le feu de l'éros et son lumineux désastre.

De la quatrième étape, celle de la vieillesse, il est dit dans le Talmud que l'« Ange l'accompagne ». (Est-ce le même que celui qui accueillit l'enfant au sortir du ventre de sa mère et le frappa sur la bouche pour lui faire oublier ce qu'il savait ?) Ainsi l'Ange accompagne la vieillesse ! Tout ce qui avait été contradiction, déchirement, écartèlement, chevaux emballés dans différentes directions va se trouver réunifié. La roue éclatée trouve son moyeu. Tout se constelle autour du cœur. Dans le cas d'Akiba, la réconciliation ultime est représentée par deux femmes auprès d'un puits. L'une est sa première femme qui toute sa vie lui fut dévouée corps et âme. L'autre est sa seconde épouse, celle qui lui fut envoyée par les Romains pour le séduire alors qu'il avait quatre-vingts ans. Ces deux femmes constituent deux pôles antinomiques. Mais à l'instant où Akiba reconnaît qu'elles ne font qu'une, le monde de la dualité s'achève. L'univers des apparences révèle ici son unité secrète.

Les différentes qualités de présence qui règnent en nous selon les âges de la vie, il va s'agir de les jouer dans nos existences comme l'ensemble des touches d'un clavier.

J'ai déjà évoqué les intuitions primordiales de mon enfance, le don de louange que j'avais alors – ainsi qu'un goût immodéré du bonheur qui a illuminé ma vie entière. J'ai décrit cette sensation que j'avais très souvent d'être en présence d'un hôte de haut rang – et celle aussi d'être porteuse d'une couronne invisible. Si je remonte plus haut encore dans mon histoire jusqu'à mon séjour à l'intérieur de ma mère, je crois retrouver cette même qualité primordiale de présence : être – sans avoir à se justifier de sa présence, être – sans que personne n'exige rien de vous, être – participer à l'être sans avoir à commenter quoi que ce soit ! La trace de ce bonheur, je la retrouve dans les fièvres de l'enfance. Tout autour les bruits de la vie, la vaisselle lavée, l'eau qui coule, le grincement des freins dans la rue... plus tard aussi dans des situations comme somnoler dans un train, rouler seule en voiture... Personne n'attend rien de moi – je goûte à l'être. Cet espace de présence de qualité Yin se retrouve tout au long de l'enfance mais partout aussi où l'activité est suspendue : dans la maladie (même dépression) ou alors dans l'état d'amour (l'état de transe qui fait traverser les jours en somnambule) et plus tard dans la vieillesse quand l'ange l'accompagne et qu'elle devient espace d'accueil.

Avec l'adolescence, c'est une autre qualité qui s'incarne. Un champ ouvert à toutes les virtualités. De même que la vieillesse délivre le corps de sa détermination sexuée, l'adolescence est espace de liberté – et de virginité. J'appelle ici virginité « cet état d'amour qui se passe de complice », cet espace agrandi et hermaphrodite, voué à l'ordre encore de tous les possibles. Dans cette perspective, une sexualité précoce n'est pas à rejeter pour des raisons de moralité, ce qui serait insignifiant, mais pour des raisons de dynamique et de devenir de l'être. Avant de recevoir son empreinte sexuelle, l'adolescent est encore en résonance avec l'entière création, dans un espace initiatique qui ne se retrouvera plus. En entrant dans la féminité ou dans la masculinité, la moitié du monde m'est dérobée.

Ce qu'un moment j'ai possédé dans l'état de grâce de l'adolescence, je ne le retrouverai qu'au prix de la passion amoureuse ou de l'expérience mystique. Mon Héloïse, dans *Une passion*, exprime ainsi cet état de grâce : « Dans la goutte que je suis, l'océan entier trouve place ! » La jeunesse, elle, a une qualité radicalement différente. C'est l'espace de la vie aujourd'hui le plus convoité et le plus méconnu. La jeunesse est l'otage de nos industries cyniques – la cible de notre société de consommation –, et tout cela est contraire à son génie propre qui est recherche, quête, errance. La jeunesse est lieu d'expérimentation et d'erreur. Ne tentons surtout pas d'épargner aux jeunes gens que nous aimons d'errer, ni même (si terrible que cela soit à vivre) de momentanément se perdre, de s'essayer à tous les rôles. Le corps est alors dans son épanouissement total – et

142

pourtant il n'est pas perçu par celui qui l'habite ! « Dire "je me sens bien" montre déjà qu'on a cessé d'être jeune – car lorsqu'on est jeune, on ne sent ni bien ni mal, on est tout simplement » (Jean Améry).

Étonnante contradiction qui fait qu'au moment où je possède tout ce qui m'emplira plus tard de nostalgie – beauté, jeunesse, vigueur –, je ne le perçois pas comme un trésor ! Cette beauté, cette vigueur me sont rendues maintenant par mes fils. Quand mon fils de vingt ans entre dans la pièce, même si j'ai le dos tourné, je perçois cette énergie de vingt ans qui envahit l'espace, un incendie ! Mais lui l'ignore ! Celui qui vit cette énergie n'est pas en mesure de la fêter puisqu'il s'agit pour lui de devenir qui il est – dure tâche ! Ce que nous convoitons le plus, nous ne pouvons pas le plus souvent le saisir lorsque nous le possédons ; seulement plus tard lorsque par fulgurations émergent en nous ces saveurs divines de la Tepheret qui « ouvre la porte de l'immortalité ».

Avec l'âge adulte, l'arc est tendu si nous suivons notre étoile, notre vocation, nous sommes à la fleur de l'âge. C'est le moment de construire le monde. Nous avons alors chacun la responsabilité d'une parcelle de l'univers (école, bureau, hôpital, maison où nous travaillons, où nous vivons). Nous sommes responsables de ce lieu où le destin nous place. Homme ou femme, nous vivons le Yang en nous à cette époque de la vie – la clarté, la détermination –

et dans cette période d'extrême floraison (la Gevoura dans l'arbre de vie) s'annonce la récolte du Hesed. Bientôt l'année du Jubilé – quarante-neuf ans, les sept fois sept – où il est dit dans le Lévitique que l'homme doit rentrer sa moisson ! Cet âge – qui le croira ? – est sous le signe de la *joie*. La plus grande part du labeur est accomplie, tant pour les femmes que pour les hommes, c'est le passage d'une fécondité à une autre.

Au cœur de cet épanouissement est déjà inscrite l'information de la flétrissure. Elle est souvent à peine griffée au coin de l'œil – mais désormais nous passons de l'ordre du visible à l'ordre de l'invisible. La fleur doit mourir pour donner son fruit ; ce qui était épanoui dans l'ordre biologique du visible va lentement flétrir. L'ordre dès lors s'inverse. Ce sont les jardins intérieurs qui commencent de bourgeonner. C'est notre connaissance des lois secrètes de la vie qui détermine nos existences.

Amer est ce passage pour ceux d'entre nous qui ont pu jusqu'alors survivre sans inscrire le sacré dans leur existence ! La vie est sans pitié si je n'ai pas compris qu'en m'entraînant vers la mort, elle est mon alliée. Livré pieds et poings liés aux lois biologiques de la dégradation, l'homme contemporain ignore le retournement qui *veut* s'opérer en lui.

Si peu à peu dans la traversée du Hesed puis de la Binah, les forces s'affaiblissent, il devient clair qu'une autre naissance se prépare. Certes, nous connaissons tous des personnes âgées merveilleusement robustes (destin, hérédité, bonne gestion de leurs énergies). Mais cela n'est ni « mieux » ni « moins bien ». Accompagné ou non d'un affaiblissement extérieur, ce qui importe c'est l'intensité du travail intérieur qui s'accomplit. Lorsqu'un être entre *vivant* dans son grand âge, le voile est soulevé, la peur de la mort surmontée.

Assister au départ d'une telle personne est un des plus grands cadeaux que nous puissions recevoir sur cette terre. Il existe deux moments dans notre existence où la bénédiction se déverse en abondance si nous sommes préparés à la recevoir : l'instant de naître et l'instant de mourir – l'instant où la « couronne » de la tête de l'enfant apparaît entre les jambes de la mère et l'instant où l'âme retourne à Dieu dans l'ultime soupir. Ce sont deux instants où *tous ceux qui sont présents* savent désormais *qui ils sont* et *pourquoi ils vivent*. Ils ne l'oublieront plus jamais.

Notre époque, en confiant ces deux moments sacrés à la technique hospitalière, voue l'existence humaine à l'enfer de l'insignifiance et du non-sens.

Saurons-nous reprendre en main nos destinées, remettre la technologie à sa place de serviteur plutôt que d'en subir la tyrannie ? Saurons-nous reconnaître les signes de la bénédiction ?

Un autre monde est possible

En moi piaffe une mémoire ancienne. Un autre monde est possible ! L'élan fou des révolutionnaires de la toute première heure, du tout premier matin ! Les âmes généreuses, celles qui se mettent debout au milieu d'un peuple de rampants, qui se fraient un passage à travers les compromissions, les hypocrisies, les ignominies, qui se dressent contre l'inacceptable ! Cette toute première heure, sa gloire, sa splendeur avant que les lendemains ne déchantent !

Mémoire d'une génération. Se relaisser happer par le plus beau et le plus glissant des rêves. Combien de ces militants durs et purs, magnifiques et généreux ont été transmués en ceux mêmes qu'ils combattaient ! Pour un Che Guevara aimé des dieux et qui reçoit la grâce de mourir à temps, c'est-à-dire avant d'être doté d'un pouvoir, combien de Fidel Castro condamnés à régenter ! Intimité ravageuse des factions qui s'opposent et deviennent tôt ou tard « frères de sang » ! « A fixer trop longtemps le monstre qu'on veut combattre, on le devient » (Mircea Eliade).

Puisqu'il ne peut être question de saisir à

nouveau la hampe d'une bannière, que faire en nous de cette lucidité désespérée qui nous prend devant la souffrance du monde ? Comment faire face à une société impossible à cautionner, dans son inconscience et son cynisme ?

Yvan Amar nous rappelait que la seule chose que l'homme moderne puisse devant Dieu se vanter d'avoir inventé est la poubelle. Le gâchis va grandissant où se mêlent les perdants, les exclus, les ressources naturelles, les rêves, les visions... Pourtant, il apparaît clairement que toute « réaction » serait vaine, que dresser un nouveau monde contre l'ancien, lever une nouvelle troupe contre les troupes constituées, ne ferait que fortifier cette dynamique dévastatrice. Il ne peut en aucun cas s'agir de remplacer une idéologie par une autre ni d'inventer de nouvelles idoles.

Un tiraillement douloureux accueille en nous chaque théorie nouvelle, chaque « il faudrait », chaque « il n'y a qu'à ». Il devient tangible, physiquement perceptible, que la seule réponse est de faire halte, de supporter longuement, le plus longuement possible, l'état de non-réponse, le hiatus. Nous sentons bien que si nous restons dans la généralité, « la société », « les abus », nous nous enlisons, nous nous épuisons, nous nous détruisons. La question radicale, la question qui rend fou ne peut alors manquer de monter : *Est-ce que je sais vraiment ce qui serait mieux ou préférable ?* Est-ce que le pire sur terre n'a pas toujours été commis par ceux qui savaient ? « Veillez à ne pas nous

imposer un bonheur qui n'est pas le nôtre ! »
Sage prière d'un notable algérien au début de
la colonisation ! Bernard Besret ose pour sa
part une formulation encore plus radicale : « Le
mal c'est le bien qu'on veut imposer aux
autres. » Toute réponse générale, toute parole
générale détient son venin. Dans une situation
unique, dans cet instant unique, je sais ou je
pressens ce qui est préférable et j'assume ce
choix. Mais dans la généralité, je n'ai pas de
réponse. En prendre conscience est déjà, je
crois, un début acceptable.

Le prochain pas ne se fait pas attendre.
« Nous ne sommes toujours pas conscients,
écrit C. G. Jung, de ce que chacun de nous est
une pierre de la structure sociopolitique de
l'univers et que nous sommes partie prenante
dans chaque conflit. Nous continuons de nous
prendre le plus souvent pour une victime
impuissante dans le jeu démoniaque des puis-
sances de ce monde. » Malgré la révélation
bouleversante qu'apporta à notre siècle la physique quantique, nous persévérons à appréhender le réel comme un notable de province du
dix-neuvième siècle, penché sur son balcon.
L'illusion nous place à l'extérieur de toute
chose et nous fait considérer du dehors les aléas
du monde. Nous y assistons en mâchonnant un
commentaire sans fin où indignation, récrimi-
nations, suggestions, revendications et émo-
tions diverses alternent. Nous ne soupçonnons
pas le plus souvent que ce qu'en voyeur nous
suivons des yeux dans la poussière des rues est

notre propre errance, notre propre lutte ou notre propre enterrement.

Le revirement qui s'impose est radical.

Rien n'a lieu sur cette terre qui ne m'implique.

Chaque guerre est la retombée radioactive de ma haine quotidienne et de celle de mes frères humains. Tandis que chaque action juste, chaque parole claire redresse ma tête, me restitue mon humanité perdue.

La représentation si commune qu'il puisse exister une vie privée qui ne concerne que moi et où tout m'est permis cesse aussitôt. Là où je me tiens est à chaque instant le point de bifurcation. « J'ai mis devant toi la vie et la mort, choisis la vie ! » A tout instant le choix dépend de toi. Ne s'agit-il pas là d'une paranoïa, se demanderont certains. Que tout puisse dépendre de moi ! Étrangement cette attitude est à la fois le contraire de la Toute-Puissance et de la Toute-Impuissance. Elle nous met simplement en travail, comme on dit d'une femme qui accouche qu'elle est en travail. Cessant d'être en réaction face à toute incitation, nous pouvons désormais entrer au service de la vie. « L'obligation est ce qui naît au cœur de l'homme lorsqu'il n'est plus en réaction mais reconnaît sa dette » (Yvan Amar).

Il ne s'agit pas bien sûr d'être « responsable de tout » – ce qui ne manquerait pas de nous rendre fou – mais de laisser résonner en nous ce qui nous rencontre. La différence entre un policier et un « artisan de la paix » est que l'un

150

met de l'ordre dehors et que l'autre en met dedans (ce qui en conséquence ne manque pas de produire un effet dehors).

Cette obligation face à la création nous rend tout naturellement notre mémoire perdue. S'il fallait créer un nouveau monde, quel tohu-bohu, quel remue-ménage, quel découragement ! Sisyphe et Hercule aux douze travaux en faisant fusionner leurs entreprises n'y suffiraient pas.

La bonne nouvelle c'est qu'il s'agit seulement de le retrouver, ce monde, de le déblayer, d'en ôter les gravats.

L'espoir des lendemains qui chantent a pesé son poids de larmes, de fer et de sang. A force d'avoir les yeux tournés vers l'avenir, nous avons presque réussi à le détruire.

L'espoir ne doit plus être tourné vers l'avenir, mais vers l'invisible. Seul celui qui se penche vers son cœur comme vers un puits profond retrouve la trace perdue. Sans illusion, sans attente, sans esprit de profit ou de réussite, s'exposer au vent de l'être ! Ne pas chercher *la* réponse. « Vous êtes aussi vif qu'un hanneton. » François Ier complimentait en ces termes un échanson. Oui, être aussi vif qu'un hanneton, en alerte. Oser le hiatus, l'espace, l'instant suspendu. Ne pas vouloir répondre tout de suite. Affamer en nous la vache sacrée de la « créativité », de l'« innovation ». Suspendre le temps, laisser la vie reprendre son souffle.

Ce service dans lequel j'inscris dès lors ma destinée est délicat, fin, presque invisible. Il sauve à la dérobée, comme Joseph emportant l'Enfant dans les pans de sa cape, serré contre son cœur. Au grand dam des tueurs d'Hérode. Sauver le monde à la dérobée, à l'insu de tous et de soi-même.

Un vieil instituteur me disait en hochant la tête : « Je ne comprends pas toutes ces requêtes, toutes ces revendications de mes jeunes collègues, ces réformes à n'en plus finir ! Plus ça change et plus c'est pareil. Ils ont trop d'ardeur dans l'indignation ! Je tente d'attirer leur attention sur le fait qu'il n'est pas utile de tirer des sonnettes d'alarme pour opérer de discrets changements – il suffit parfois de fermer doucement la porte de la classe ! »

Vider l'océan de la haine au compte-gouttes. Ne pas s'alarmer, dit le vieil homme, ne pas provoquer de martyre ! Devenir plutôt la risée de tous et de soi-même, un microbe de l'espérance, un pickpocket microscopique, un kamikaze de la dérision ! L'important est de tenter, toujours de tenter, sans souci de réussite, de mettre un instant au monde ce qui n'y était pas. En catimini. *Soli deo gloria !*

Qu'un autre monde soit possible, nous le savons. Des cultures ont existé, existent, qui avaient, qui ont, pour but l'anoblissement de l'homme, son accomplissement. Ces cultures sont apparues, ont eu leur temps (certaines même comme la civilisation sumérienne de plusieurs milliers d'années), ont été soumises comme tout ce qui respire sous le soleil aux lois de l'entropie, ont fané, dégénéré, ont disparu.

Souvent les défaitistes ânonnent : « L'homme a toujours été brutal, un loup pour l'homme... » N'en déplaise à ceux à qui seul le plus bas apparaît vraisemblable, il a existé et il existe sur cette terre des formes d'existence dignes de l'homme et de la semence divine qu'il porte en lui.

Non seulement un autre monde est possible, mais il respire depuis toujours sous celui-là. La face cachée du monde ! Qui de nous retient assez longtemps son souffle en entend la pulsation. Cet autre monde affleure parfois dans le monde visible et son apparition nous bouleverse. Semblable à la Jérusalem céleste que les anges laissent lentement descendre derrière les paupières brûlées des mystiques. Le monde caché effleure le monde visible, se fait ci et là reconnaître, mais s'il s'y substituait tout à fait, ce serait la fin, le terminus où tout le monde descend ; l'élan de l'humanité en marche serait suspendu, le monde retomberait lourdement dans ses gonds.

Ce qui fait la royauté de notre aventure, c'est l'élan qui nous habite, le désir qui nous porte et nous brûle. N'espérons pas réussir pour de bon !

C'est parce qu'il aimait tant son serviteur, Moïse, « le seul qu'Il connut face à face [1] », que Dieu ne l'a pas fait entrer en Terre promise, lui laissant à jamais la meilleure part : l'ardent chemin qui mène vers...

---

1. Deutéronome, 34-10.

Table

Composition réalisée par IGS

Achevé d'imprimer en janvier 2012, en France sur Presse Offset par
Maury-Imprimeur - 45330 Malesherbes
N° d'imprimeur : 169315
Dépôt légal 1ʳᵉ publication : décembre 2003
Édition 08 - janvier 2012
LIBRAIRIE GÉNÉRALE FRANÇAISE - 31, rue de Fleurus - 75278 Paris Cedex 06